V.R.

Bernd Schreiber
Mister Fantastic & Miss World

© Urte Oehlert

Bernd Schreiber wurde 1952 in der Pfalz geboren. Bevor er mit dem Schreiben von Kinder- und Jugendbüchern begann, arbeitete er als freier Journalist für verschiedene Medien. Er lebt in Worpswede, liebt den Humor der angelsächsischen Literatur und bevorzugt das Leben in der Provinz.
Weitere Titel von Bernd Schreiber bei dtv junior: siehe Seite 4

Bernd Schreiber

Mister Fantastic & Miss World

Mit Zeichnungen von Barbara Scholz

Deutscher Taschenbuch Verlag

Von Bernd Schreiber sind außerdem bei dtv junior lieferbar:
Mister Fantastic & Miss World – Turbulente Zeiten,
dtv junior 70744
Mister Fantastic & Miss World – Flitterwochen,
dtv junior 70833

Und endlich auch für Urte

Originalausgabe
In neuer Rechtschreibung
4. Auflage Mai 2006

www.dtvjunior.de
Umschlagkonzept: Balk & Brumshagen
Umschlagbild: Barbara Scholz
Lektorat: Katja Korintenberg
Gesetzt aus der Akzidenz Grotesk und Garamond 11½/13'
Gesamtherstellung: Kösel, Krugzell
Printed in Germany
ISBN-13: 978-3-423-70624-7
ISBN-10: 3-423-70624-4

Inhalt

JENNY *Da ging ich nun mit dem süßesten Jungen des Erdballs und konnte nicht bei ihm sein. O Finn, was hätte das für ein wunderschöner Tag werden können. Nur du und ich, Hand in Hand auf einer schattigen Bank im Park. Kein kleiner Bruder, der ständig nervt. Keine Eltern, die einem alle paar Sekunden ein künstliches Lächeln abverlangen, und das, obwohl die Sonne irrsinnig blendet und ich fast vor Sehnsucht nach dir sterbe. Finn, wie können Menschen nur so gemein sein und zwei Liebenden vorschreiben, wie und mit wem sie ihre wertvolle Freizeit zu verbringen haben? Ich hasse die Nordsee. Ich hasse das Wattenmeer. Ich hasse Priele. Ich hasse Ebbe und Flut. Ich hasse den Wind. Ich hasse Strandkörbe. Ich hasse meinen kleinen Bruder Julian. Ich hasse Papa und Mama, die nicht begreifen wollen, dass ich jetzt und nicht erst in einem halben Jahrhundert bei dir sein möchte.*

FINN »Wer von euch hat die Stinkbombe geworfen?« Opa starrte uns grimmig an, mich, meine Cousine Lisa-Marie und meine Cousins Daniel und Bastian.

Im Haus stank es wie in einem Güllefass, so dass sich Opas Gäste notgedrungen draußen aufhielten. Es war seine Geburtstagsfeier und trotzdem tat es mir nicht leid. Eine höhere Macht hatte mich zu dieser spontanen Aktion getrieben. Die Macht der Liebe!

Opa vernahm uns beim Geräteschuppen. Ich konnte nur hoffen, dass meine Verwandtschaft dichthielt. Erwachsene können nämlich furchtbar nachtragend sein, und wenn es um das Bestrafen von Kindern geht, ist es ihnen meist völlig egal, ob sie dabei gegen die elementarsten Menschenrechte verstoßen oder nicht. Ganz besonders Mama. Ich kann ein Lied davon singen.

Opa hatte Daniel in der Mangel. »Selbst wenn du es nicht gewesen bist, ich aber rauskriege, dass du wusstest, wer es war, und es mir nicht verraten wolltest, werde ich dich zum Rasendienst verdonnern, und zwar für den ganzen Sommer! Und glaube ja nicht, du darfst den Elektrorasenmäher benutzen. Grashalm für Grashalm wirst du dir vornehmen. Mit der Heckenschere! Auf den Knien! Stunden! Tage!«

Eine grauenhafte Vorstellung. Und ein eklatanter Verstoß gegen die Europäische Menschenrechtskonvention. Hoffentlich war sich Daniel dessen bewusst und ließ sich von Opa nicht einschüchtern.

»Und kein Grashalm länger als drei Millimeter!«, unterstrich Opa seine Drohung.

Halt die Klappe, Daniel! Halt bloß die Klappe! Das ist

lediglich ein billiger Einschüchterungsversuch! Der älteste Trick der Welt!

»Finn war's!«, heulte Daniel.

Verräterschwein! Der Blitz soll dich beim Nasepopeln treffen!

Opa strich Daniel über den Kopf und ließ ihn, Lisa-Marie und Bastian laufen.

»Warum?«, fragte mich Opa. Einfach nur *warum.*

Ich hätte es ihm sagen können. Wegen Jenny, dem schärfsten Mädchen, das mir jemals begegnet war. Weil ich sie wie Sauerstoff zum Atmen brauchte und ich ohne sie kurz vorm Ersticken war. Weil ich unter einem schrecklichen Entzug litt. Weil ich lieber bei ihr gewesen wäre als auf dieser blöden Geburtstagsfeier. Weil Lisa-Marie absolut uncool war, Daniel ein Verräterschwein und Bastian immer gleich plärrte, wenn ich bei ihm einen Judogriff ausprobierte. Und weil Mama auf einmal zum Abendbrot bleiben wollte, obwohl sie mir versprochen hatte, dass wir bis dahin längst wieder zu Hause sein würden. Und weil das Betrug ist und es dafür lebenslänglich geben müsste. Ich wäre dann allein – mal abgesehen von meiner kleinen, bescheuerten Schwester Leonie – und keiner könnte mich mehr daran hindern, Jenny zu treffen, wann immer mir danach wäre. All das sagte ich ihm nicht.

»Du bist es doch gewesen, nicht wahr?«

Ich zog es vor, zu schweigen.

»Sei ein Mann und gib es wenigstens zu!«, meinte Opa.

»Komisch!«, sagte ich. »Wenn es für mich zum Nachteil ist, darf ich plötzlich ein Mann sein!«

Opa guckte mich überrascht an und brach plötzlich in schallendes Gelächter aus. »Eins zu null für dich!«, sagte er und zückte seinen Geldbeutel. »Hier hast du einen Zehner für die Stinkbombe! Ich kann Geburtstagsfeiern nicht leiden und schon gar nicht die eigene. Alle reden sie von Krankheiten und gescheiterten Ehen. Deine Bombe hat für ein bisschen Abwechslung gesorgt. Und wie ich sehe, machen sich schon ein paar der schlimmsten Langweiler auf den Weg. Einen größeren Gefallen hättest du mir nicht tun können!«

Ich griff zögerlich nach dem Schein. »Danke!«, sagte ich, damit rechnend, dass er in letzter Sekunde noch die Arschkarte zog.

»Damit wir uns nicht missverstehen«, sagte Opa. »Dies war die erste und letzte Stinkbombe in meinem Haus. Okay?«

»Okay!«

»Steck das Geld weg! Dahinten kommt deine Mutter. Sie bringt es fertig und denkt noch, ich hätte dich zu dem Anschlag angestiftet, wenn sie das Geld sieht.«

Ich steckte den Schein schnell in die Hosentasche. Mama kam mit einer Entschlossenheit auf uns zu, dass selbst einer Lara Croft mulmig geworden wäre.

»Und noch ein Tipp«, sagte Opa.

Ich guckte ihn erwartungsvoll an.

»Rechne nicht mit meiner Hilfe!«

Mama packte mich am Arm und beugte sich zu mir herunter. Sie kochte! Und wie! »Jetzt hast du den Bogen endgültig überspannt!«, fauchte sie, durchbohrte mich mit einem vernichtenden Blick und zerrte mich zum Auto, wo ich auf dem Beifahrersitz Platz nehmen musste.

»Da bleibst du!«, befahl Mama. »Und rühr dich nicht von der Stelle!«

Es war nicht schwer zu erraten, wem ich die unwürdige Behandlung zu verdanken hatte: Daniel und Co. Bestimmt hatten sie überall herumposaunt, dass ich hinter der Stinkerei steckte. Und so etwas schimpft sich Verwandtschaft.

Mama ließ sich ganz schön viel Zeit, so dass ich schon befürchtete, ich müsste den ganzen Abend im Auto verbringen, während sie und Leonie sich über das kalte Büffet hermachten, falls es überhaupt noch zu genießen war.

Die Stinkbombe zeigte noch immer Wirkung. Die Zahl der Onkel, Tanten, Cousinen, Cousins und sonstigen Gäste, die Opas Geburtstagsfeier vorzeitig verließen, nahm merklich zu. Von allen Seiten trafen mich böse Blicke. Ich kam mir vor wie ein Bombenleger, dem der Prozess gemacht wurde und der zu seiner eigenen Sicherheit in einem Käfig aus Panzerglas saß, mit dem kleinen Unterschied, dass die Scheiben des Wagens nicht aus Panzerglas waren, sondern bloß aus Sicherheitsglas. Ein Stein aus den Reihen der empörten Menge und das Fenster wäre geborsten. Den Rest wollte ich mir lieber nicht ausmalen, rutschte immer tiefer den Sitz hinunter und dachte an Jenny.

Jenny! Jenny, bitte, hilf mir! Hol mich hier raus! Sie wollen mich auf den elektrischen Stuhl schicken! Schreib ein Gnadengesuch an den Bundespräsiden-

ten! Schreib an die UNO! An das Kinderhilfswerk UNICEF! Ich wollte nicht, dass jemand getötet wird! Ich habe es doch nur für dich getan! Für uns! Damit ich dich früher sehen kann! Jenny! Hilfe! Ich will nicht sterben!

Plötzlich wurde die Fahrertür aufgerissen. Leonie! Und ich dachte schon, sie wären gekommen, um mich zu lynchen. Ich hätte Leonie an die Gurgel springen können.

»Lisa-Marie hat erzählt, du hättest die Stinkbombe geworfen!«, hielt Leonie mir vor.

Wusste ich es doch! »Lass mich in Ruhe!«, sagte ich. So weit kam es noch, dass ich mich vor meiner kleinen Schwester rechtfertigte.

»Iiih, hier stinkt's!«, sagte sie auf einmal und hielt sich die Nase zu, wobei ich mir nicht sicher war, ob sie es ernst meinte oder sie einen ihrer üblichen Kindergartenscherze machte.

»Weil du in die Hose gemacht hast!«, entgegnete ich und lachte.

»Gar nicht!«, sagte sie empört.

»Na klar!«, sagte ich. »Das war gar keine Stinkbombe! Das bist du gewesen!« O Mann, wenn das nicht der Witz des Jahrhunderts war. Ich konnte mich vor Lachen nicht mehr einkriegen.

»Das sag ich Mama!«, heulte Leonie und lief davon.

Sie kam dann tatsächlich mit Mama zurück. Endlich! Ich wollte weg. Nach Hause.

Mama ließ Leonie auf den Rücksitz und sagte keinen Ton. Ihr Schweigen hätte mir eigentlich eine Warnung sein müssen, aber wenn man verliebt ist, übersieht man schon mal das ein oder andere Gefahrenzeichen.

»Kann ich nachher zu Jenny?«, fragte ich, kaum dass Mama eingestiegen war.

Na schön, vielleicht hätte ich die Frage zu einem späteren Zeitpunkt stellen sollen oder auch gar nicht, jedenfalls war plötzlich ganz schön was los.

»Also, jetzt hört doch alles auf!«, brüllte Mama. »Jenny! Jenny! Jenny! Immer nur Jenny! Ich kann's nicht mehr hören! Verdirbt Opa die Geburtstagsfeier und besitzt noch die Unverfrorenheit zu fragen, ob er zu Jenny darf! Ich fasse es nicht!«

Dass ich Opa eine Freude bereitet hatte, konnte ich ihr ja schlecht verklickern. Ich schielte kurz aus dem Fenster. Es wäre mir unangenehm gewesen, wenn sie jemand hätte brüllen hören. Zum Glück war niemand in der Nähe.

Mama startete den Motor. »Es würde mich nicht wundern, wenn du das Ganze inszeniert hättest, damit du früher zu deiner Jenny kannst!«

Einerseits fand ich ihre Kombinationsgabe fast schon genial, andererseits zeugte es nicht gerade von großem Vertrauen, dass sie hinter der Stinkbombe nicht bloß einen harmlosen Streich, sondern eiskalte Berechnung vermutete.

»Aber da hast du die Rechnung ohne mich gemacht!«, brüllte Mama. »Es hat sich ausgejennyt!«

Ausgejennyt? Mein Blutdruck schoss in die Höhe. Ausgejennyt? Was zum Henker meinte sie mit ausgejennyt?

»Es sei denn, du wirst wieder normal!«

JENNY Auch das noch! Draußen sitzen! Wo einem jeder auf den Teller glotzen kann! Wie ich das hasse! Dabei habe ich überhaupt keinen Hunger! Und schon gar nicht auf Fisch. Ich hasse Fisch.

»Ich darf dich daran erinnern, dass du dich letztes Jahr in Dänemark ausschließlich von Fish und Chips ernähren wolltest!«, sagte Mama. »Und vor vierzehn Tagen warst du ganz sauer, weil ich keine Fischstäbchen eingekauft hatte!«

»Wenn's die wenigstens in dem blöden Restaurant gäbe!«, stänkerte ich.

»Wir können ja versuchen, ob wir noch irgendwo eine Packung Fischstäbchen auftreiben können«, meinte Papa, »und den Koch höflich fragen, ob er sie für dich in der Pfanne zubereitet. Weil du so ein bezauberndes Lächeln auf deinen Lippen hast.«

»Ha, ha!«, entgegnete ich. Erwachsene können ja so wahnsinnig witzig sein.

Julian konnte sich mal wieder nicht entscheiden, was er essen wollte. Typisch! Alles, was Mama ihm vorschlug, lehnte er ab.

»Nun mach schon!«, fuhr ich ihn an.

»Nur weil deine Schwester so ein Theater um das Essen macht, musst du nicht den gleichen Zirkus veranstalten!«, sagte Mama zu ihm.

Jetzt fing Julian auch noch an zu maulen. Na toll!

»Er hat keinen Hunger!«, entschied ich.

»Du hältst dich da raus!«, meinte Papa.

»Manno, ich habe nicht den ganzen Abend Zeit!«, entgegnete ich. »Ich will nach Hause!«

»Wann es nach Hause geht, bestimmen immer noch wir!«, meinte Papa.

Wie in einer Diktatur! Und da wundern sich die Erwachsenen, wenn man keine Lust verspürt, die kostbarsten Stunden seines Teenagerlebens mit ihnen an der Nordsee zu verbringen.

»Aber ich habe Finn versprochen, dass ich noch bei ihm vorbeikomme!«

Papa schlug die Hände über dem Kopf zusammen. »Ich kann den Namen nicht mehr hören!«, jammerte er. »Wenn du es ohne ihn nicht aushältst, zieh doch mit ihm zusammen! Dann hast du ihn von morgens bis abends in deiner Nähe!«

»Au ja!«, rief ich entzückt. »Dann gibst du uns die Erlaubnis?«

»Das hättet ihr wohl gern!«, meinte Papa und lachte gequält.

»Finn und ich könnten doch in das Ferienhaus ziehen!«, schlug ich vor und war geistig schon mitten im Umzug.

Das Ferienhaus befand sich hinter unserem Haus und war viel kleiner. Papa und Mama hatten beschlossen das Ferienhaus zu verkaufen, aber noch keinen Käufer gefunden.

»Ach, und wie wollt ihr das Ganze finanzieren?«, erkundigte sich Papa herablassend. »Hast du vielleicht im Lotto gewonnen und es vor uns verheimlicht?«

Da bestand nun die Möglichkeit, dass sich mein Schicksal von einem Tag auf den anderen dramatisch veränderte, indem ich dem bequemen, schmarotzerischen Dasein goodbye sagte und den ersten Schritt in die Selbstständigkeit wagte, und er dachte nur ans Geld. Väter können so fantasielos sein.

»Ich kann doch als Babysitter anfangen!«, antwortete ich. »Oder als Hundesitter! Und Finn könnte einmal die Woche euern Rasen mähen!«

»Nun ist aber genug!«, mischte sich Mama ein. »Merkst du nicht, was für einen Unsinn du redest?«

»Und warum hat dann Papa damit angefangen?«, hätte ich gern von ihr gewusst.

»Es war ein Scherz!«, sagte Papa. »Und das weißt du auch!«

»Manno!«, protestierte ich. Erst machen sie einem Hoffnung und dann kneifen sie. Typisch Eltern.

Julian schien das lustig zu finden.

»Lach nicht so blöd!«, fuhr ich ihn an und schlug ihm mit der Faust auf den Unterarm.

Julian fing sofort an zu heulen. Muttersöhnchen!

»Reiß dich am Riemen!«, fauchte Mama mich an.

Die Tische waren alle besetzt und die beiden Kellnerinnen wuselten hin und her. Keine ließ sich an unserem Tisch blicken. Wir hätten ja vielleicht etwas bestellen können. Und Papa und Mama taten auch nicht gerade so, als hätten sie es besonders eilig, nach Hause zu kommen. Ich war dem Wahnsinn nahe. Begriff denn niemand, dass mich jede Sekunde, die ich nicht bei Finn sein konnte, innerlich zerfraß? Zählten meine Bedürfnisse gar nichts? War mein Bedürfnis nach Finn weniger wert als Papas und Mamas Bedürfnis nach Gambas und überbackenen Tintenfischringen? Endlich bequemte sich eine der Kellnerinnen herbei und nahm die Bestellung auf.

Bis das Essen auf dem Tisch stand, verging noch einmal so viel Zeit. Der Backfisch, den ich widerwillig bestellt hatte, schmeckte ekelig. Die Pommes gingen gerade so.

»Tauschen wir?«, fragte ich Julian. »Du kriegst meinen Backfisch und ich kriege deine Fischfrikadelle.«

Doch Julian wollte nicht tauschen.

»Blödmann!«, sagte ich.

»Sei nicht immer so fies zu deinem Bruder!«, meinte Mama.

Es hätte mich gewundert, wenn sie mal nicht Partei für ihn ergriffen hätte. »Guck mal, da hinten!«, sagte ich zu Julian. »Ein riesengroßes Schiff!« Das Schiff existierte natürlich nur in meiner Fantasie.

Julian drehte sich tatsächlich um. Ich stach blitzschnell mit meiner Gabel in seine Frikadelle und legte sie auf meinen Teller.

»Wo denn?«, fragte er.

»Na da!«, sagte ich. Ich hatte sogar noch Zeit, ihm meinen Fisch unterzujubeln.

Julian machte ein ziemlich dämliches Gesicht, als er auf seinen Teller blickte. »Gib mir meine Frikadelle wieder!«, jammerte er und hieb seine Gabel in die Frikadelle, die mal seine gewesen war. Ich verteidigte meine eben erst erkämpfte Beute, die bald in unappetitlichen Stücken vor mir lag.

»Gib ihm sofort die Frikadelle wieder!«, befahl Mama.

»Da, du Blödmann!«, sagte ich und schob die Stücke mit der Gabel auf seinen Teller, wobei gut die Hälfte davon auf dem Tisch landete.

»Spinnst du!?«, schimpfte Mama.

Julian starrte auf den Teller, als würde gerade ein Mistkäfer darüber krabbeln. »Das will ich nicht mehr!«, heulte er los.

Weil ich angeblich so ekelig zu Julian gewesen war, durfte er meinen gebackenen Fisch verdrücken. Triumphierend grinste er mich an.

»Hoffentlich erstickst du dran!«, wünschte ich ihm.

»Noch einen fiesen Ton von dir«, sagte Mama, »und ich werde dafür sorgen, dass du deinen Finn nie wieder siehst!«

Das kannst du gar nicht!, wollte ich erst erwidern, ließ es aber in allerletzter Sekunde sein. Erwachsene haben eine hypermäßige Macht und das Schreckliche daran ist, dass sie nicht die geringsten Skrupel haben, diese Macht zu missbrauchen. Wann immer wir versuchen an ihrer Autorität zu kratzen.

Mir war der Appetit restlos vergangen, nicht so meine Sehnsucht nach meinem geliebten Finn. Ich malte mir aus, wie fantastisch es sein müsste, mit Finn in das Ferienhaus zu ziehen. Wir beide ganz allein! Wir würden uns bestimmt großartig verstehen und alle Arbeiten im Haus gerecht verteilen. Finn ist ja so verständnisvoll. Der verständnisvollste Junge, den sich ein Mädchen nur vorstellen kann. Selbst nach dreißig Jahren Ehe wären wir noch frisch verliebt. Wenn wir zur Arbeit müssten, würden wir mit einem Abschiedskuss auseinander gehen, uns abends mit einem Begrüßungskuss in die Arme fallen und uns vorm Einschlafen immer einen Gutenachtkuss geben. Und zwischendurch würden wir ganz viel miteinander telefonieren und uns dabei ganz viel erzählen und, bevor wir auflegten, Dutzende klangvoller Küsse durch die Leitung schicken.

»Du, Papa«, unterbrach ich meine Gedanken, »wann hast du Mama eigentlich das letzte Mal geküsst?«

Papa hatte sich gerade ein Stück panierten Tintenfischring in den Mund geschoben. »Lass mal überlegen«, sagte er kauend. »Wann haben wir noch einmal geheiratet?« Er schaute Mama kurz an. »Ich glaube, so vor zehn, fünfzehn Jahren. Kann das sein?«

Mama guckte zurück, als hätte gleich Papas letztes Stündlein geschlagen.

»Na, ist ja auch egal«, meinte Papa. »Jedenfalls so drei, vier Jahre vor unserer Hochzeit, um diese Zeit etwa, habe ich deiner Mutter zum letzten Mal einen Kuss verabreicht. Da kannten wir uns nämlich schon.«

»Ha ha!«, sagte ich. »Ganz ehrlich!« Ich hätte mein schönstes Richie-Poster verwettet, dass er die Geschichte nur deswegen erfunden hatte, weil er sich an seinen letzten Kuss nicht mehr erinnern konnte. Finn würde so etwas nie passieren, weil zwischen unseren Küssen niemals so viel Zeit verstreichen würde, dass er krampfhaft sein Gedächtnis bemühen müsste.

»Sekunde!«, sagte Papa, wischte sich mit der Serviette den Mund ab und gab Mama einen Kuss auf die Wange. »Jetzt! Zufrieden?«

O Mann, war mir das vielleicht peinlich! Und das vor all diesen Leuten!

Julian fand das natürlich umwerfend komisch. »Noch mal!«, verlangte er von Papa.

Papa wollte Mama einen zweiten Kuss verpassen, doch diesmal zog Mama den Kopf beiseite. »Sei nicht so albern!«, sagte sie.

Wenigstens einer, der so etwas wie Verstand besaß. Das machte mir Mama fast schon wieder sympathisch.

Papa widmete seine Aufmerksamkeit dem letzten Tintenfischring.

»Ich habe gesehen, wie Jenny und Finn sich geküsst haben!«, behauptete Julian auf einmal und fing an zu kichern.

»Daher also weht der Wind!«, meinte Papa grinsend.

»Du Lügner«, sagte ich und feuerte eine Reihe tödlicher Blicke auf Julian ab. Er musste einen ungeheuer tüchtigen Schutzengel haben, denn er fiel kein einziges Mal um.

»Stimmt aber!«, sagte Julian. »Ihr wart im Garten! Hinter der dicken Eiche!«

»Halt deine blöde Klappe!« Ich war außer mir vor Wut. Dass Finn und ich uns geküsst hatten, ging nur uns beide etwas an. Es sollte ein Geheimnis bleiben. Was mich besonders wütend machte, war die Tatsache, dass es unser erster Kuss gewesen war. Ewig würde ich daran denken müssen, dass Julian uns dabei beobachtet hatte. Finn und ich hatten den ganzen Tag viel Spaß miteinander und waren auch ein bisschen aufgedreht, als es plötzlich passierte. Hätte mir das noch fünf Minuten vorher jemand prophezeit, hätte ich ihn für verrückt erklärt. Wir standen bei der Eiche und blickten uns länger an als sonst. Dann war es um uns geschehen. Als ginge von unserem Mund eine geheimnisvolle Anziehungskraft aus, gegen die jeglicher Widerstand sinnlos gewesen wäre, bewegten sich unsere Lippen aufeinander zu. Das Aufeinandertreffen war wie die Landung eines Schmetterlings auf einer Butterblume. Etwas kurz vielleicht, aber doch lange genug, dass ich noch daran denken werde, wenn ich längst Rentnerin bin. Jetzt hatte Julian die Erinnerung für immer besudelt. Er hatte alles kaputtgemacht. Am liebsten hätte ich den Blödmann in der Nordsee versenkt.

»Es gibt keinen Grund, sich so aufzuregen!«, meinte Mama. »Das nächste Mal müsst ihr euch etwas geschickter anstellen, wenn euch keiner sehen soll.«

Sehr witzig! Ich trat Julian gegen das Schienbein.

»Mama, Jenny hat mich getreten!«, jammerte er.

»Petze!« Und schon folgte der nächste Tritt und noch einer und noch einer.

Julian wurde richtig jähzornig. Cool! Meine Stimmung stieg. Ich lachte. Jetzt verlor er völlig die Beherrschung. Er wollte mich hauen, stieß dabei aber sein Glas um. Der ganze Apfelsaft lief über den Tisch und Mama auf das Kleid. Ich hatte schon lange nicht mehr so gelacht.

»So, Fräulein, jetzt ist endgültig Schluss!«, platzte Papa der Kragen und er knallte die Serviette auf den Teller. »Zahlen!«

Zur Einsamkeit verdammt

FINN »Mama?« Wo steckte sie bloß? Ich hatte schon die ganze Wohnung nach ihr durchforstet. Vielleicht war sie ja bei Leonie und las ihr eine Gutenachtgeschichte vor oder sie tauschten wieder Heimlichkeiten aus. Wenn Mama mit mir im Clinch lag, waren die beiden immer ein Herz und eine Seele. Aber wenn Mama meinte, sie könnte mich auf diese Weise kleinkriegen, hatte sie sich geschnitten. Das müsste sie nach all den Jahren eigentlich längst gemerkt haben. Das Problem ist nur, dass Erwachsene so etwas nicht merken. Weil sie es gar nicht merken wollen. Weil sie lieber bei ihren Gewohnheiten bleiben statt umzudenken. Und dann wundern sie sich, wenn ihre eigenen Kinder sie durchschauen.

Ich warf einen Blick in Leonies Zimmer, doch Mama war nicht da. Leonie schlief tief und fest. Neben ihrem Kopf lag *Big Food,* ihr Kuscheldino. Es war mal mein Dino gewesen. O Mann, kaum vorstellbar, dass ich mal mit Stofftieren eingeschlafen bin. Als wäre es in einem anderen Leben gewesen. Grausam! Dass Erwachsene einen vor so etwas nicht schützen!

Ich hatte vor mich bei Mama zu entschuldigen. Und jetzt war sie unauffindbar. Nicht dass ich plötzlich meine Meinung geändert hätte und Mama im Recht gewesen wäre. Erwachsene sind nie im Recht! Sie denken es bloß. Ohne sich darüber im Klaren zu sein, wie schädlich eine solch starre Haltung für die seelische Entwicklung eines Heranwachsenden sein kann! Trotzdem oder gerade deswegen musste ich Mama um Verzeihung bitten. Andernfalls drohte mir Freiheitsentzug auf unbestimmte Zeit. Damit würde sie zwar zum wiederholten Male gegen internationales Menschenrecht verstoßen, aber in meinem Alter kann man sich nun mal keinen vernünftigen Anwalt leisten. Früher hätte mir so ein Freiheitsentzug auch nichts ausgemacht, selbst eine zweijährige Verbannung in die innerste Innere Mongolei hätte ich hingenommen, wäre da nicht Jenny gewesen. Ein halber Tag ohne ihr zauberhaftes Lächeln und mein Herz war wie ein vergilbtes Poster von *Bayern München*. Wie hätte ich da auch nur mehr als einen Tag ohne sie aushalten sollen? Geschweige denn normal werden! Normal werden! Wie soll einer normal werden, wenn er verliebt ist? Begriff Mama denn nicht, dass sich Liebe und Normalsein widersprachen? Das ist wie duschen ohne nass zu werden. Oder wie ein Rockkonzert ohne auszuflippen.

Wo trieb Mama sich nur rum? Ich fand, sie hätte ruhig einen Ton sagen können, dass sie das Haus verlässt. Da hatte ich mich zu einer Entschuldigung durchgerungen und nun stand ich frustriert herum wie ein Bayernfan ohne Eintrittskarte. Vielleicht war sie ja drüben bei Jennys Eltern. Mama war oft auf ein Glas Wein bei Carmen und Lars.

Ich durfte zwar nicht mehr raus, aber von Telefonverbot hatte Mama nichts gesagt. Eine telefonische Entschuldigung bei ihr hatte den Vorteil, dass ich ihr nicht in die Augen zu blicken brauchte. Der Schwachpunkt beim Lügen sind immer die Augen. Jedenfalls bei mir. Ich schnappte mir das schnurlose Telefon und wählte Jennys Nummer.

»Schenk!«, meldete sich Carmen.

»Hier ist Finn«, sagte ich. »Ist Silke bei euch?« War sie. Wie ich mir gedacht hatte. »Kann ich sie mal sprechen?«

Ich war sicher, dass Mama die Entschuldigung annehmen würde. Mir wäre auch kein Grund eingefallen, weshalb sie sie nicht hätte akzeptieren sollen. Sie würde ihre Ruhe haben und alles war wieder in Ordnung. Mama ist sehr ruhebedürftig. Wie alle Erwachsenen.

»Was ist?«, erklang Mamas Stimme feindselig am Telefon.

Der Tonfall gefiel mir überhaupt nicht. Nicht gerade die besten Voraussetzungen, eine Friedensaktion zu starten. Ich versuchte es trotzdem. Einer musste ja den ersten Schritt tun.

»Ich wollte mich entschuldigen!«, erklärte ich. »Tut mir leid, sorry!«

Ich wartete darauf, dass sie etwas erwiderte, doch am anderen Ende herrschte ein Schweigen so eisig wie ein Gletscher in der Antarktis. Damit hatte ich am allerwenigsten gerechnet. Ich hatte erwartet, dass sie sagt: »Oh, das finde ich aber nett von dir.« Oder: »Da freue ich mich aber. Von mir aus kannst du jetzt auch wieder zu Jenny.« Oder etwas in der Art.

»Bist du noch dran?«, erkundigte ich mich. Nicht dass sie meine Nettigkeit umgehauen hatte und sie in Ohnmacht gesunken war.

»Und du denkst, damit ist die Angelegenheit erledigt?«, meinte Mama. »Entschuldigung, tut mir leid und das war's!«

So ungefähr ja. Ich ahnte, dass eine jener entscheidenden Situationen eingetroffen war, wo es besser ist, sich einen vernünftigen Satz zurechtzulegen, als das zu sagen, was einem gerade durch den Kopf geht.

»Soll ich vielleicht sagen, dass es mir nicht leid tut?«, entgegnete ich. »Dass ich stolz darauf bin, was ich gemacht habe? Ist es das, was du hören willst?« Ohne es beabsichtigt zu haben hatte mein Ton etwas an Schärfe gewonnen.

»Ich hätte nur gern gewusst«, sagte Mama, »ob ich es mit dem steinernen Herzen des skrupellosen Finn zu tun habe, der unbedingt zu seiner Jenny möchte, oder mit dem geläuterten Herzen von jemandem, der einsieht, dass er zu weit gegangen ist!«

Steinern! Geläutert! Mein Herz war so tief wie eine schwer zugängliche Höhle. Um da hinabzusteigen und herauszufinden, was sich dort tatsächlich abspielte, konnten Tage vergehen. Und wer sagte mir, dass ich den Abstieg überstand?

»Es tut mir leid!«, wiederholte ich. »Wirklich!«

»Na schön!«, sagte Mama. »Aber Jenny wirst du trotzdem nicht sehen!«

»Warum denn nicht?«

»Weil sie es wie du auf die Spitze getrieben hat und Lars ihr verboten hat sich mit dir zu treffen!«

Ich bekam einen Schock! »Für immer?«, fragte ich.

»Soweit ich Carmen und Lars verstanden habe, hängt das ganz von ihrem zukünftigen Verhalten ab«, antwortete Mama. »Von deinem übrigens auch! So, und jetzt möchte ich mich ganz gern noch ein bisschen weiterunterhalten, wenn du nichts dagegen hast!«

Ich hatte eine ganze Menge dagegen, aber sie legte einfach auf. Na super! Hatte ja prima hingehauen! Fantastisch! Trotz Entschuldigung war ich so weit wie am Anfang. Ich habe es schon immer gesagt, gegen die Übermacht der Erwachsenen haben wir nicht die geringste Chance, zumindest nicht mit fairen Mitteln.

Ich setzte mich im Wohnzimmer vor den Fernseher und sah mir einen Fantasyfilm an, konnte mich aber trotz toller Actionszenen nicht so ganz auf das Geschehen konzentrieren. Ich musste unbedingt Jenny sprechen! Sonst lief ich Gefahr, den Verstand zu verlieren. Fragte sich nur, wie ich sie ans Telefon bekam. Ich könnte natürlich einfach anrufen und Jenny verlangen ohne meinen Namen zu nennen. Aber ihre Eltern würden mich sofort an der Stimme erkennen und den Kontakt vereiteln. Da half nur eins: Ich musste meine Stimme verstellen. Ich konnte ja so tun, als wäre ich ein Klassenkamerad von Jenny. Dennis zum Beispiel. Er trug immer die coolsten Klamotten. Ich hielt den Plan für genial.

Keine Premiere ohne Generalprobe, sagte ich mir und versuchte meine Stimme zu verstellen. Ich fand bald Gefallen daran, doch ein überzeugendes Ergebnis kam nicht heraus. Ich setzte meine Bemühungen fort, verformte meine Lippen, presste die Töne aus den Mundwinkeln, hielt mir die Hand vor den Mund oder streckte beim Sprechen die Zunge heraus. Selbst als ich mir die Nase zuhielt, war ich nicht zufrieden. Schließlich sprach ich in eine leere Flasche. Es hörte sich an, als würde der Anrufer in einer Blechdose wohnen. Egal. Meine Stimme war anders, viel anders. Niemand würde merken, dass ich es war.

Ich wählte noch einmal Jennys Nummer. »Ja, ähm, ist Jenny da?«, sprach ich in die Flasche.

Lars war am Apparat. »Wer möchte sie sprechen?«

»Ähm, Dennis!«, stotterte ich, völlig aus dem Konzept gebracht.

»Dennis und weiter?«

O Mann, wie hieß Dennis mit Nachnamen? Keine Ahnung! Ich geriet mächtig ins Schwitzen. »Ähm, Neumann! Ich bin ein Klassenkamerad von ihr!« Neumann, so hieß Marco, mit dem ich in der C-Jugend Fußball spielte.

»Dennis Neumann!«, wiederholte Lars. »Merkwürdig. Ich habe hier den Klassenspiegel von Jenny an der Pinnwand. Einen Dennis Neumann gibt es da nicht. Höchstens einen Dennis Flathmann.«

»Ja, genau, den habe ich gemeint!«, entgegnete ich Idiot. Was redete ich nur für einen Schrott zusammen?

»Und warum hast du gesagt, du heißt Neumann?«, wollte Lars wissen.

Der Schweiß lief nur so an mir herunter. »Ja, ähm, meine Mutter hat wieder ihren Mädchennamen angenommen! Deshalb!« Wenn das keine geniale Antwort war!

»Ah so!«, sagte Lars. »Deine Mutter heißt Neumann und du heißt Flathmann, nennst dich aber wie deine Mutter!«

»Ja, genau!«, sagte ich ohne ein Wort verstanden zu haben. »Kann ich jetzt Jenny sprechen?«

»Sag mal, Finn«, meinte Lars auf einmal, »für wie blöde hältst du mich eigentlich?«

Ich legte sofort auf.

JENNY *Lieber Finn,*
wie gern wäre ich jetzt bei dir, aber ich darf nicht! Mama und Papa haben mir verboten dich zu sehen! Sie meinen, ein paar Tage ohne dich würden mir vielleicht gut tun. Kann ein Delfin tagelang ohne Wasser sein? Kann ein Adler ohne Flügel fliegen? Ich hatte mich so auf dich gefreut! Wie eine Gefangene behandeln sie mich. Das verdanke ich Julian, diesem Ekel. Kann ich etwas dafür, wenn er das Glas umkippt und der Apfelsaft Mamas Kleid ruiniert? Und dass er sich die Finger in der Autotür klemmt, war natürlich auch meine Schuld. Dabei hatte ich ihn extra noch gewarnt, dass er die Finger wegnehmen soll. Hätten sie mich nicht gezwungen mit an die Nordsee zu fahren, wäre das alles nicht passiert. Es war stinklangweilig, wie ich es dir vorausgesagt hatte. Wie war die Geburtstagsfeier bei deinem Opa?

Genauso langweilig? Papa und Mama sind fies! Ich weiß gar nicht, wie ich noch einen Tag ohne dich aushalten soll. Hättest du mir doch nur das Foto von dir geschenkt. Ich verstehe gar nicht, warum du es zerrissen hast. Ich finde, du hast auf dem Foto ganz süß ausgesehen. Du müsstest mal Fotos von mir sehen. Eins hässlicher als das andere. Spätestens am Montag sehen wir uns wieder. Wenn ich daran denke, wie viel Stunden bis dahin vergehen, wird mir ganz schlecht. Hättest du es jemals für möglich gehalten, dass die Schule mal unsere Rettung sein würde?
Ich vermisse dich!
Deine Jenny

P.S. Ich werde Silke bitten dir den Brief zu geben. Sie unterhält sich schon den ganzen Abend mit Papa und Mama. Ihre Stimmen sind merkwürdig gedämpft.
Sollten Papa und Mama dagegen sein, dass Silke den Brief an dich weiterleitet, trete ich in den HUNGERSTREIK!

Frühstück mit Überraschung

FINN O Mann, dieses Mädchen konnte Briefe schreiben, phänomenal! Ich hätte jedes Mal aus dem Fenster springen können vor Glückseligkeit. Ich war aufgewacht und wollte zum Klo, als ich den Umschlag vor meinem Bett liegen sah. Ich konnte mir absolut nicht erklären, wie er da hingekommen war. War Jenny etwa in der Nacht in meinem Zimmer gewesen? Hatte sie einen Liebesboten beauftragt? Dass Mama darin verstrickt war, gefiel mir allerdings weniger. Es war mir fast schon peinlich. Jedenfalls dürfte wohl jedem klar sein, dass man ein Mädchen, das solch wahnsinnige Briefe schreibt, einfach lieben muss. Bis ans Ende der Welt würde ich mit ihr gehen und, wenn es sein müsste, auch noch tausend Kilometer weiter.

Andere Leute brauchten neue Turnschuhe, um glücklich zu sein, oder eine neue Baseballkappe oder neue Rollerblades. Mir genügte ein Brief von Jenny. *Kann ein Delfin ohne Wasser sein? Kann ein Adler ohne Flügel fliegen?*

Plötzlich platzte Leonie herein. »Du sollst aufstehen!«, sagte sie. »Wir wollen frühstücken!«

Ich hatte mich so auf dich gefreut.

»Was liest du da?«

Wenn ich daran denke, wie viel Stunden bis dahin vergehen, wird mir ganz schlecht.

»Ist das ein Brief von Jenny?«

Ich vermisse dich.

Ich war wie benommen. Seufzend steckte ich den Brief in den Umschlag zurück. Dann sah ich meine kleine Schwester an, sprang von meinem Bett auf, genau auf Leonie zu, und klaute ihr die Brille von der Nase. »Kann eine Blinde ohne Brille sehen?«, machte ich mich über sie lustig.

»Gib mir meine Brille wieder!«, plärrte sie.

Ich lachte und tänzelte mit der Brille vor ihr herum. »Kann eine Schnecke einen Gepard fangen?«

»Du sollst mir meine Brille wiedergeben!«

Leonie bekam mich zu fassen und zerrte an meinem T-Shirt.

»Kann ein Zwerg einen Riesen besiegen?« Ich riss mich wieder los.

»Das erzähle ich Mama!«, sagte sie wütend. »Mama hat gesagt, wenn du mich ärgerst, darfst du nicht mit. Wir wollen nämlich alle bei Jenny frühstücken! Mama!« Sie rannte in die Küche.

Frühstück bei Jenny? Warum hatte sie das nicht gleich gesagt?

»Mama, Finn hat mich geärgert! Jetzt darf er nicht mit zu Jenny, oder?«

Ich eilte in die Küche, um zu retten, was zu retten war. »Ich hab sie gar nicht geärgert!«, schrie ich. »Sie platzt einfach so in mein Zimmer und sagt, ich soll aufstehen. Dass wir bei Jenny frühstücken wollen, hat sie nicht erzählt!« Ich sah Leonie vernichtend an. Sie konnte froh sein, dass sie keine Ameise war und nicht zufällig um meinen Fuß krabbelte.

»Erst mal einen schönen guten Morgen!«, meinte Mama ganz trocken.

Darauf wusste ich nichts zu erwidern.

»Finn gibt mir meine Brille nicht wieder!«, sagte Leonie und fing an zu heulen.

Kleine Schwestern sind die geborenen Schauspielerinnen. Wer eine kleine Schwester hat, wird mir das gewiss bestätigen.

»Hier, bitte schön!«, sagte ich mit einer Überdosis an Freundlichkeit, die selbst einen erwachsenen Menschen niedergestreckt hätte, und händigte ihr die Brille aus.

»Leonie, ich hatte dich gebeten Finn auszurichten, dass er sich anziehen soll, weil wir gemeinsam bei Jenny frühstücken wollen. Hast du ihm das so ausgerichtet?«

»Hab ich!«, behauptete Leonie steif und fest. »Aber Finn hat mich gleich geärgert!«

Kleine Schwestern sind nicht nur die geborenen Schauspielerinnen, sie können auch lügen, dass sich die Stahlträger biegen.

»Hast du nicht!«, schrie ich und sah das Frühstück bei Jenny auf den Sankt-Nimmerleins-Tag verschoben. Diese Schlange! Wetten, dass sie geplant hatte mich um das Vergnügen mit Jenny zu bringen?

»Ich will keinen Ton mehr hören!«, sagte Mama. »Zieh dich jetzt an, Finn, damit wir rüberkönnen!«

»Aber du hast gesagt, dass Finn hier bleiben muss, wenn er mich ärgert!«, protestierte Leonie.

»Ich diskutiere nicht mehr darüber!«, sagte Mama.

Ich konnte es kaum glauben: Mama stand auf meiner Seite. Diesen historischen Tag würde ich in meinem Kalender unbedingt rot ankreuzen müssen. Zu ihrer Verblüffung drückte ich Mama einen dicken Kuss auf die Wange, was ich seit Urzeiten nicht mehr getan hatte, und dann trugen mich Flügel, die mir plötzlich gewachsen waren, wie einen bunten Vogel in mein kleines Reich, um mich anzuziehen.

»Du bist fies!«, hörte ich Leonie noch sagen.

Frühstück bei Jenny! Was war bloß in Mama gefahren? Hatte sie endlich eingesehen, dass Jenny und ich zusammengehörten wie Stollen zu einem Fußballschuh? Oder wie Wasser zu einem Delfin? Wie Flügel zu einem Adler?

JENNY »Jenny, würdest du die Güte haben und den Käse auf die Terrasse bringen?« Papa hielt mir die Käseplatte entgegen und lächelte mich freundlich an.

Ich tat ihm den Gefallen.

»Vielen Dank!«, rief er hinter mir her.

»Schatz, bist du so nett und füllst die Milch in ein Kännchen?«, bat mich Mama draußen. »Dein Vater stellt immer die Flasche auf den Tisch, obwohl er ganz genau weiß, dass ich das nicht mag!«

Ich nahm die Flasche und ging damit wieder in die Küche. Normalerweise hasse ich Sklavenarbeit, aber Papa und Mama waren so herzlich zu mir, dass ich gar nicht anders konnte als ihnen zu helfen.

Die beiden waren überhaupt nicht mehr wiederzuerkennen. Waren das überhaupt meine Eltern? Oder waren über Nacht Außerirdische in unser Haus gedrungen und in die Haut von Papa und Mama geschlüpft ohne darüber informiert zu sein, wie gemein die Eltern auf diesem Planeten zu ihren Kindern sind? Jedenfalls war ihr Verhalten mir gegenüber fast schon unheimlich. Obwohl ich nichts dagegen gehabt hätte, wenn Papa und Mama immer so gut drauf gewesen wären.

Ich ging in die Küche und füllte Mamas Auftrag aus ohne mir auch nur im Geringsten ausgebeutet vorzukommen. Ein Beweis dafür, dass friedliche Eltern einen jungen Menschen schlagartig verändern können. Da macht sogar Sklavenarbeit Spaß, sofern sie nicht ausufert.

Papa pfiff fröhlich eine Melodie vor sich hin. Das machte er sonst nie, zumindest nicht, wenn er sich über mich geärgert hatte wie am Tag zuvor.

»Na, freust du dich schon auf deinen Finn?«, flachste er.

Noch so ein Zeichen, dass Außerirdische von seinem Geist und Körper Besitz ergriffen haben mussten. Wie hätte er sonst Finns Namen in den Mund nehmen können ohne sich gleich zu übergeben?

Statt zu antworten gab ich Papa einen Kuss.

»Oh, jetzt hast du mich aber mit jemandem verwechselt«, lachte er.

»Hab ich nicht!«, sagte ich und verließ die Küche mit dem Milchkännchen.

Julian blockierte die Terrassentür.

»Lass mich durch!«, sagte ich zu ihm.

»Erst wenn du bitte sagst!«, meinte er.

»Du sollst mich durchlassen oder ich schütte dir die Milch über den Kopf!«

Julian blickte mich prüfend an. »Das traust du dich ja doch nicht!«, sagte er schließlich, trat aber einen Schritt zurück, so dass ich an ihm vorbeikonnte.

»Siehst du, du traust dich nicht!«, sagte Julian und dann fing er an um mich herumzuhüpfen. »Trau dich doch! Trau dich doch!«, rief er.

»Jetzt ist aber genug!«, wies ihn Mama zurecht.

Ich an seiner Stelle hätte auf sie gehört. »Trau dich doch! Trau dich doch!«, rief er munter weiter.

»Warum bleibst du dann nicht stehen?«, fragte ich ihn.

Julian hörte auf zu hüpfen. Ich ging auf ihn zu. Als ich den Arm ausstreckte, bekam er es mit der Angst zu tun. Er machte eine hastige Rückwärtsbewegung, stolperte dabei über einen Blumentopf mit irgendwelchen Kräutern darin und fiel in den kleinen Teich dahinter.

Es war ein göttlicher Anblick. Julian saß mit dem Hintern in dem trüben Wasser und machte ein Gesicht, als hätte man ihn in eine Kröte verwandelt. Mit dem Beitrag hätte er bei *Pleiten, Pech und Pannen* garantiert den ersten Preis gewonnen. Ich hätte mich totlachen können. Selbst Mama musste furchtbar lachen. Ich glaube, ich hätte an diesem Morgen das Haus anzünden können und Papa und Mama hätten sich köstlich amüsiert. Irgendwie ging es heute nicht mit rechten Dingen zu.

Ich guckte durch das Fenster auf die Küchenuhr. Gleich müsste Finn da sein! Ich war aufgeregt wie vor unserem ersten Rendezvous. Wir hatten uns fünfunddreißig Stunden nicht gesehen. War er noch derselbe nette Finn? Hatte er mich noch gern? Fünfunddreißig Stunden konnten einen Menschen radikal ändern, siehe Papa und Mama. Würde er sich auf das gemeinsame Frühstück so freuen wie ich? Obwohl es natürlich hundertmal cooler gewesen wäre, wenn ich mit ihm ganz alleine hätte frühstücken können. Auf meinem Zimmer zum Beispiel. Oder in der Küche. Aber das lehnten Papa und Mama entschieden ab. Sie stellten mich vor die Wahl, entweder im großen Kreis oder im üblichen familiären Rahmen zu frühstücken. Ich hätte mich ja selbst bestraft, hätte ich mich gegen ein Frühstück mit Finn entschieden. Ob er mich so vermisst hat wie ich ihn?

Julian setzte sich an den gedeckten Tisch. Mama hatte ihm frische Klamotten gegeben.

»Das ist mein Platz!«, sagte ich zu ihm.

»Ich hab hier zuerst gesessen!«, meinte er.

»Runter!«, sagte ich.

»Mama!«, schrie Julian. »Jenny will mich von meinem Platz verjagen!«

»Was ist denn nun schon wieder, Julian?«, erkundigte sich Mama. Sie hielt das Schälchen mit dem Krabbensalat in der Hand.

»Julian sitzt auf meinem Platz!«, antwortete ich für meinen kleinen Bruder.

»Gar nicht!«, widersprach Julian. »Ich habe zuerst auf dem Stuhl gesessen!«

»Und ich habe mir den Platz schon ausgesucht, da warst du noch gar nicht auf der Welt!«, sagte ich.

»Dann setz dich auf den Stuhl daneben, Julian!«, sagte Mama und stellte den Krabbensalat auf den Tisch.

»Da sitzt aber schon Finn!«, erhob ich Einspruch.

Julian stand auf und setzte sich mit Absicht auf Finns Stuhl, wo er die Arme verschränkte, als wollte er sagen: *Da kriegt mich für die nächsten zweihundert Jahre kein Mensch herunter!*

Denkste!

»Hast du nicht gehört?«, pflaumte ich ihn an.

Julian blieb stur. Kleine Brüder sind schlimmer als Krätze! Mama entschied schließlich, dass er neben ihr sitzen sollte.

»Ich will aber neben Leonie sitzen!«, plärrte er.

»Dann sitzt Leonie rechts von dir und ich links von dir!«, schlug Mama vor. »Einverstanden?«

Nicht ungeschickt von ihr dem Blödmann das Gefühl zu geben, er habe so etwas wie Entscheidungsgewalt. Julian fiel auf den Trick herein und nickte. Mütter sind eben die geborenen Diplomaten. Manchmal führen ihre Bemühungen sogar zum Erfolg. Zumindest bei kleinen Blödmännern.

Der große Zeiger stand auf drei Minuten nach halb. Meine Sehnsucht nach Finn wurde unerträglich, als er und Silke um die Ecke bogen, Leonie voran. Mein

Herz flog ihm entgegen. Süß sah er wieder aus. Fast so süß wie Richie B. Cool, der ehemalige Sänger von *Paradise on Earth*. Richie hatte eine himmlische Solokarriere gestartet. In meinem Zimmer hing ein Poster von ihm. Sein Oberkörper war nackt und traumhaft muskulös.

Papa betrat die Terrasse und drückte Finn die Hand. »Hallo, Dennis!«, begrüßte Papa ihn mit einem breiten Grinsen. »Wie geht's?«

Wieso Dennis? Litt Papa plötzlich an Gedächtnisschwund?

Finn wurde rot und blickte verschämt zu Boden.

»Das ist doch nicht Dennis!«, sagte Julian. »Das ist Finn!«

»Oh, entschuldige! Da hab ich dich doch tatsächlich mit Jennys Klassenkameraden verwechselt. Mit diesem Dennis Flathmann oder Neumann oder – wie war noch mal der Name?«

»Weiß ich doch nicht!«, murmelte Finn, noch immer auf den Boden blickend.

»Ach ja!«, sagte Papa. »Ich vergaß, dass du nicht in Jennys Klasse gehst.« Dann begrüßte Papa Silke mit einer herzlichen Umarmung, wie er es jedes Mal tat, wenn sie zu uns kam.

Endlich sah Finn mich an und mein Herz fing an zu steppen.

»Du sitzt neben mir!«, rief ich ihm zu.

Mein Märchenprinz lächelte verlegen – wie süß! – und nahm zu meiner Rechten Platz. Seine unmittelbare Nähe war erregend wie tausend sanfte Berührungen.

Ich wollte wissen, worauf Papa angespielt hatte, doch Finn zuckte bloß mit den Schultern.

Ich schielte auf die Hand meines Märchenprinzen. Seine Fingernägel waren sauber und gepflegt wie nach einer Maniküre. Er pflegte sie wegen mir. Weil er wusste, dass ich schmutzige Fingernägel hasse. Jungs sind in dieser Beziehung sehr nachlässig. Anscheinend hat es sich noch nicht bis zu ihnen herumgesprochen, dass Mädchen schmutzige Fingernägel abstoßend finden.

Das Frühstück verlief sehr harmonisch. Alle waren gut gelaunt. Trotzdem wäre ich mit Finn viel lieber allein gewesen. Ich aß ein Brötchen und war satt.

»Können Finn und ich schon aufstehen?«, fragte ich nach etwa zehn Minuten.

»Du siehst doch, dass Finn noch nicht fertig ist!«, meinte Papa.

»Ich kann sowieso nicht mehr!«, stöhnte Finn und legte das angebissene Käsebrötchen auf den Teller.

»Du isst erst einmal auf!«, meinte Silke.

Finn gehorchte und schlang das Brötchen hinunter.

»Habt ihr euch vielleicht mal überlegt, weshalb wir das gemeinsame Frühstück überhaupt veranstalten?«, fragte uns Papa, als Finn und ich von unseren Plätzen aufspringen wollten.

Ich verstand die Frage nicht und sah Papa irritiert an.

Papa blickte auf die Uhr. »Wir sitzen jetzt immerhin schon zehn Minuten zusammen, ohne dass ihr versucht habt uns die Laune zu vermiesen. Das dürfte ein Rekord sein. Nun möchtet ihr gern aufstehen, damit ihr allein sein könnt. Wir dagegen haben unser Frühstück noch gar nicht richtig angefangen. Nehmen wir einmal an, wir würden euch bitten, solange am Tisch zu bleiben, bis auch wir fertig sind. Was glaubt ihr, wäre wohl die Folge?«

Ich sah zuerst Papa an, dann Finn. Finn sah dorthin, wo ungefähr seine Füße sein mussten. Ich begriff nichts. War Papa dabei, ein neues Familienquiz zu erfinden? Aber dann bitte schön ohne uns!

»Ihr würdet wieder lange Gesichter machen!«, fuhr Papa fort, »und uns mit eurer schlechten Laune den Appetit verderben. Es wäre ja nicht das erste Mal!«

Irgendwie wurde ich das dumme Gefühl nicht los, sie hatten das gemeinsame Frühstück inszeniert, nur um mit Finn und mir abzurechnen. Anscheinend hatten sie alles von langer Hand vorbereitet. Deswegen waren sie alle so freundlich! Und Finn und ich waren in die Falle getappt! Unsere Leichtgläubigkeit war uns zum Verhängnis geworden!

»Ihr werdet jetzt vielleicht denken, wir reden nur so daher«, ergriff nun Mama das Wort, »auch wir finden, dass es nichts Schöneres gibt, als wenn sich zwei junge Menschen mögen. Nur, ihr beide übertreibt es. Ihr braucht euch nur mal für eine halbe Minute nicht zu sehen, schon entwickelt ihr euch zu richtigen kleinen Monstern. Du, Jenny, kippst Julian einen Esslöffel Tabasco ins Essen, dass er sich fast den Mund verbrennt, und quetschst ihm den Finger in der Autotür!«

Dass ich Julian in beiden Fällen gewarnt hatte, erwähnte sie nicht.

»Und du, Finn, hängst Leonies Lieblingsdino mit

einem Strick am Hals auf, dass sie einen Schock bekommt, und wirfst Stinkbomben auf der Geburtstagsfeier deines Opas! In eurer Verliebtheit ist euch der Sinn für Recht und Unrecht völlig abhanden gekommen!«

Finn hatte Stinkbomben geworfen? Davon wusste ich ja gar nichts! Ich musste leicht grinsen.

»Das ist überhaupt nicht lustig!«, wies Papa mich zurecht. »Für euch zählt nur eure Zweisamkeit. Alles andere ist euch gleichgültig. Ihr glaubt, ohne den anderen nicht mehr leben zu können. Aber das ist ein gewaltiger Irrtum!«

Ein Irrtum? Papa hatte überhaupt keine Ahnung! Ein Leben ohne Finn wäre für mich unvorstellbar gewesen!

»Ich weiß, ihr denkt jetzt, ich rede Unsinn!«, sagte Papa, als könne er Gedanken lesen. »Die Erwachsenen sind ja so dumm und von der Liebe haben sie so wenig Ahnung wie eine Blattlaus vom Internetsurfen. Nun gut, ihr wollt eure eigenen Erfahrungen sammeln. Das sollt ihr auch! Damit ihr erlebt, wie es ist, wenn zwei Menschen wie die Kletten aneinander hängen, haben wir für euch eine kleine Überraschung parat.«

Er machte eine künstliche Pause.

O je! Erwachsene und Überraschungen! Das konnte nur etwas Schreckliches sein!

»Ihr dürft zusammenziehen!«, beendete Papa das Rätselraten. »Und zwar in das Ferienhaus! Zumindest so lange, bis wir einen Käufer gefunden haben!«

»Echt?« Ich wäre beinahe aufgesprungen und Papa um den Hals gefallen. Sollte es tatsächlich noch Wunder geben? Ich konnte es nicht glauben.

»Echt!«, sagte Papa.

Und als Mama noch mit dem Kopf nickte, war alles klar. »Danke!«, rief ich, sprang auf, umarmte zuerst Papa, dann Mama und schließlich Silke.

»Und ich will mit Leonie zusammenziehen!«, sagte Julian und machte ein mauliges Gesicht.

»Dafür darf Leonie auch einmal bei dir übernachten!«, beschwichtigte ihn Mama.

»Heiraten Jenny und Finn auch?«, fragte Leonie.

»Oh, das ist eine wunderbare Idee, Leonie!«, sagte Papa. »Bevor die beiden das Haus beziehen, wird geheiratet!«

Heiraten? Jetzt wollte er sich aber über uns lustig machen!

»Wie soll das denn gehen?«, meinte Finn und blickte Papa an, als hätte er einen Dachschaden.

»Ganz einfach«, antwortete Papa. »Ihr werdet getraut! Oder möchte der Herr sich nicht mit unserer Tochter vermählen?«

FINN O Mann, jetzt begriff ich! Lars wollte herausfinden, ob ich im Ernstfall kneifen würde! Er dachte wohl, ich würde Fersengeld geben, wenn sie mir erlaubten ihre Tochter zu heiraten, und dann wären sie mich für immer los. Nicht schlecht der Trick. Aber wenn er mich austricksen wollte, musste er früher aufstehen. Klar würde ich Jenny heiraten! Schließlich bin ich ein Mann mit Verantwortung!

»Kirchlich oder standesamtlich?«, fragte ich cool. Jetzt war er es, der sein Gesicht wahren musste.

»Standesamtlich reicht«, antwortete Lars ebenso cool.

Na schön, diese Runde ging an ihn. »Und wann soll die Hochzeit sein?«, erkundigte ich mich. Ich hätte meine sämtlichen Ersparnisse verwettet, dass er sich spätestens jetzt als ein entfernter Nachfahre des Barons von Münchhausen outete und erklärte, alles wäre bloß ein Scherz gewesen und ich hätte die Prüfung mit Bravour bestanden oder etwas in der Art.

»Heute Nachmittag!«, antwortete Lars und blickte mir spöttisch in die Augen.

Ich lachte. »Ja, klar!«, sagte ich. »Zufällig haben die Standesämter sonntags geschlossen!«

»Oh, hier spricht wohl ein Mann von Erfahrung!«, sagte Lars. »Das Standesamt, das ich meine, hat heute Nachmittag geöffnet. Ihr bekommt sozusagen eine Sondergenehmigung.« Die Ruhe, die er ausstrahlte, und der Spott, der jeden seiner Worte begleitete, beunruhigte mich.

Lars zeigte auf die Terrassentür. »Dieser Raum dahinter wird das Standesamt sein! Ich bin der Standesbeamte, der die Ehre hat, euch zu trauen, und Julian und Leonie werden die Trauzeugen sein!«

»Nein!«, kreischte Jenny, als glaubte sie den Blödsinn.

»O ja!«, bestätigte Carmen.

Ich guckte Mama an. Warum sagte sie nichts und machte durch ein klärendes Wort der Komödie ein Ende? Doch Mama schien sich wunderbar zu amüsieren. Verräterin!

»Wenn Julian und Leonie Trauzeugen sind, heirate ich nicht!«, sagte Jenny.

»Dann bekommt ihr auch nicht den Schlüssel für das Haus!«, sagte Carmen.

Wir blickten in fünf entschlossene Gesichter, wenn man die Eierköpfe von Leonie und Julian mitzählte.

»Das ist Erpressung!«, sagte ich.

»Das hast du richtig erkannt!«, entgegnete Lars und grinste ungeniert.

Und dann begriff ich ein zweites Mal. Je höher sie die

Messlatte legten, umso größer war ihre Hoffnung, wir könnten doch noch kneifen. Ich war gern bereit sie in dieser Hinsicht zu enttäuschen und die Herausforderung anzunehmen, als Jenny plötzlich einfiel, dass sie gar kein Hochzeitskleid hatte. Sie schien darüber froh zu sein, dass die Hochzeit wieder in weite Ferne gerückt war.

»Du kannst mein Hochzeitskleid nehmen!«, sagte Carmen.

»Das rote?«, fragte Jenny. Jetzt klang sie schon wieder begeistert.

»Ich muss nur ein wenig den Saum umstecken«, sagte Carmen, »dann dürfte es dir einigermaßen passen.«

»Ich behalte meine Sachen an!«, sagte ich.

»Du glaubst doch nicht, dass ich dich so heirate!«, meinte da Jenny.

Das fing ja gut an. Wir waren noch nicht einmal verheiratet und schon mäkelte sie an mir herum. Ich hatte immer geglaubt, sie würde meine Schlabberhose und mein Schlabberhemd voll cool finden.

»Keine Panik!«, sagte Lars. »Ich dürfte das Richtige für deinen Zukünftigen haben!«

Es war kurz vor drei. Um drei sollte die Trauung sein und Jenny war noch immer nicht erschienen. Ich eilte noch einmal in den Flur, stellte mich vor den Garderobenspiegel und überprüfte zum wiederholten Male mein Outfit. Lars hatte mir ein weißes Hemd, eine Krawatte und seinen Nadelstreifenanzug zur Verfügung gestellt. O Mann, ich sah richtig stark aus in den Klamotten. Der Schlips schlabberte, die Hose schlabberte, das Hemd schlabberte, das Jackett schlabberte, es war die schlabberigste Schlabberei, mit der ich mich jemals aufgemotzt hatte. »Yeah, hier ist Mister Fantastic, so bombastic!«, tönte ich und rappte vor dem Spiegel. Die Mädchen würden reihenweise hysterische Anfälle kriegen, wenn sie mich so sehen könnten. »Tut mir leid, Mädels«, sagte ich, »ihr kommt zu spät, ich bin schon vergeben!«

Die Zeit verstrich und Jenny ließ sich nicht blicken. Wie lange brauchte sie noch für das Hochzeitskleid? Ich wurde von Minute zu Minute nervöser. Ich wollte, dass die Hochzeit jetzt über die Bühne ging und nicht erst in zehn Jahren, wenn ich womöglich zu alt und zu senil war, um noch mit ihr zusammenzuziehen.

Mama saß auf der Terrasse und paffte gemütlich eine Zigarette. Sie hatte sich wie Lars richtig in Schale geworfen und selbst die Pimpfe sahen wie aus dem Ei gepellt aus.

»Hast du Papa auch warten lassen, als er dich geheiratet hat?«, fragte ich sie leicht gereizt, als verdankte ich ihr die Verzögerung und die damit verbundenen Höllenqualen.

»Aus deinem Mund hört es sich an, als hätte ich deinen reizenden Vater bekniet, dass er mich heiratet«, antwortete Mama. »Tatsächlich aber war es umgekehrt. Er hat mich bekniet!«

So genau hatte ich es gar nicht wissen wollen.

»Das zum einen!«, fuhr Mama fort. »Zum anderen war ich äußerst pünktlich. Und das war wohl mein Fehler.«

»Fehler?«, fragte ich, weil sie nicht mehr weitersprach.

»Ich hätte gar nicht erscheinen sollen! Dann wäre mir der ganze Ärger mit deinem Vater erspart geblieben!«

Ich glaube, ich hatte noch nicht erwähnt, dass meine Eltern geschieden sind. Papa war Statiker und dafür verantwortlich, dass die Brücken und Häuser, die errichtet wurden, nicht unter ihrer Last zusammenbrachen. Er hatte seine neue Flamme geheiratet und war mit ihr nach Ostfriesland gezogen. In den Herbstferien besuchten Leonie und ich ihn immer für eine Woche. Hin und wieder telefonierten wir auch miteinander. Dann tauschten wir unsere Erfahrungen aus, die wir so zwischenzeitlich mit dem anderen Geschlecht gemacht hatten. Dass ich mit Jenny zusammen war, wusste er allerdings noch nicht.

»Jenny und ich werden uns niemals scheiden lassen!«, sagte ich, fest entschlossen nicht wie Papa schon nach ein paar Jahren Ehe das Handtuch zu werfen.

»Leider kann keiner in das Herz des anderen schauen!«, seufzte Mama.

Ein Glück, würde ich sagen. Ein Blick in mein Herz und Mama würde vieles missverstehen. Ich wäre dann den ganzen Tag damit beschäftigt, mich ihr gegenüber zu rechtfertigen, und hätte kaum noch Zeit für Jenny.

Plötzlich ertönte ein Gong. Ich flitzte ins Haus. Jenny schritt, gefolgt von Carmen, die Wendeltreppe hinunter. Sie trug das rote Seidenkleid und schwarze Schuhe. Mir blieb die Luft weg. Jenny sah in der Hochzeitskluft wahnsinnig sexy aus. In der Schule hätten die Jungs Glupschaugen gekriegt. In diesem Augenblick wurde mir erst richtig bewusst, wie wunderbar wir zusammenpassten. Ich sah schon die Schlagzeilen in der Sensationspresse: *Mister Fantastic heiratet Miss World*.

Ich blieb vor lauter Faszination untätig, so dass Lars, der hinter dem runden Esstisch stand, mir einen kleinen Wink geben musste, damit ich mich in Bewegung setzte, um meine Zukünftige in Empfang zu nehmen. Erst jetzt sah ich, dass Miss World geschminkt war. Ein Hauch von Rouge lag auf ihren Wangen und die schwarze Tusche auf ihren Wimpern ließ sie um ein Vielfaches erotischer erscheinen. Ah, ich liebe es, wenn Mädchen sich so dezent und doch so aufregend schminken.

Mister Fantastic begab sich zu Miss World und ließ sie bei sich einhaken. Gemeinsam schritten wir zu dem runden Esstisch, wo eine bunte Kerze brannte, die Jenny auf einem Workshop selbst gebastelt hatte.

»Das Brautpaar darf sich setzen!«, sagte Lars feierlich.

»Noch sind sie nicht verheiratet«, meinte Mama, als rechnete sie damit, Jenny oder ich könnten noch in letzter Sekunde kalte Füße bekommen.

Mister Fantastic und Miss World nahmen Platz. Mama, Carmen, Julian und Leonie saßen hinter uns. Die Kleinen waren ziemlich aufgedreht und kicherten.

Ich drehte mich um und zeigte Leonie den Stinkefinger. Wie Julian hielt sie einen Strauß mit Gänseblümchen und Butterblumen in der Hand, die sie auf der Wiese hinter dem Ferienhaus gepflückt hatten. Die Blumen sahen aus, als könnten sie einen kräftigen Schluck Wasser vertragen.

»Mama, Finn hat so gemacht!«, beschwerte sich Leonie und streckte wie zur Demonstration ihren mickrigen Mittelfinger in die Luft.

Lars räusperte sich zum Zeichen, dass er für die Ausübung seines Amtes absolute Ruhe wünschte. »Verehrte Anwesende!«, begann er feierlich. »Wir haben uns heute versammelt, weil zwei junge Menschen den Bund fürs Leben schließen wollen. Zugegeben, sie tun es nicht ganz freiwillig, aber sie sehen nicht gerade aus, als wären sie darüber unglücklich!«

»Mama, ich hab Durst!«, rief Jennys Bruder dazwischen.

»Pst!«, entgegnete Carmen.

»Blind für das Leben um sie herum, streben sie nach Zweisamkeit unter einem gemeinsamen Dach. Dafür würden sie alles tun. Sie würden vermutlich sogar ihre Geschwister verkaufen oder ihre Eltern ins Altersheim abschieben, brächte sie das an ihr Ziel.«

»Mama«, rief Leonie, »Julian tritt mich!«

»Sollte man zwei junge Menschen, die so wenig Rücksicht auf andere nehmen und deren Sozialverhalten gleich null ist, überhaupt miteinander vermählen? Ja, das sollte man! Sonst werden wir nie erfahren, ob die beiden sich tatsächlich lieben oder ob ihr törichtes Benehmen nicht bloß eine vorübergehende, aber äußerst üble Phase ist, unter der ausschließlich ihre Mitmenschen zu leiden haben!«

»Mama, Julian hört nicht auf zu treten!«, jammerte Leonie.

»Gar nicht!«, entgegnete Julian trotzig.

»Wenn ihr zwei nicht sofort damit aufhört, werdet ihr von der Zeremonie ausgeschlossen!«, zischte Carmen.

Fein! Macht weiter so, ihr kleinen süßen Mistkäfer!

»Das Leben miteinander zu teilen ist schön und spannend wie Rätselraten. Wer stellt den Wecker? Wer geht zuerst ins Bad? Wer macht das Frühstück? Wer wäscht und bügelt? Wer kauft ein? Wer saugt Staub? Wer putzt die Fenster? Wer macht das Bett? Was wird im Fernsehen geguckt? Was gibt's zu Mittag? Was gibt's zum Abendbrot? Wer gießt die Blumen? Wer repariert den Toaster? Wer schließt die Haustür ab? Was unternehmen wir heute?«

Was hatte das alles mit Liebe zu tun?

»Was hat das mit Liebe zu tun, wird sich das junge Paar fragen. Nun, das herauszufinden ist das eigentliche Rätsel! Und so erhebt euch bitte von euren Plätzen!«

Jenny und ich erhoben uns.

»Ihr seid entschlossen den Bund der Ehe einzugehen. Also bleibt mir nichts anderes übrig als dich, Jenny Schenk, zu fragen, ob du den Jüngling neben dir zum Manne willst und ihn zu lieben und zu ehren gedenkst, bis du ihn nicht mehr riechen kannst. Es sei denn, du hast es dir noch schnell anders überlegt.«

Jenny musste fürchterlich kichern und sagte: »Nein!«

»Habe ich dich richtig verstanden, dass du den jungen Mann neben dir nicht zum Manne willst?«, fragte Lars.

»Doch!«, antwortete Jenny.

»Schön!«, sagte Lars. »Dann antworte mit Ja!«

»Ja!«

Jenny kriegte sich kaum noch ein vor Kichern.

»Willst du, Dennis Neumann, ähm, ich meine Finn Meyer, die neben dir stehende Jenny Schenk zur Frau nehmen und sie lieben und ehren, bis du von ihr für alle Zeiten kuriert bist, so antworte mit Ja oder Nein!«

»Ja oder nein!«, antwortete ich, so wie er es verlangt hatte.

»Du sollst dich für ein Ja entscheiden oder für ein Nein!«

»Jaaaah!«

»Dann tauscht jetzt die Ringe aus!«

Die Ringe? Jenny und ich schauten einander ratlos an. Von Ringen hatte uns keiner etwas gesagt.

»Die Ringe!«, murmelte Carmen und sprang auf. »Daran habe ich gar nicht gedacht!«

»Vielleicht passt dir ja meiner«, sagte Mama zu mir, streifte ihren blauen Plastikring vom Finger und probierte ihn bei mir an. Er passte tatsächlich.

Sie gab den Ring Jenny, weil sie es ja war, die ihn mir offiziell anstecken musste.

Carmen hatte für Jenny einen schmalen Silberring. »Den hat Lars mir zu unserem ersten Hochzeitstag geschenkt«, sagte sie. Der Ring war viel schöner als meiner und passte Jenny wie angegossen. Sie legte ihn voller Stolz in meine Hand.

»Dann kann es ja weitergehen!«, sagte Lars.

Ich nahm den silbernen Ring zwischen Daumen und Zeigefinger und steckte Jenny das Kleinod an ihren zauberhaften Ringfinger.

Das Gleiche tat Jenny bei mir mit Mamas blauem Plastikring.

»Das Brautpaar darf sich nun küssen«, sagte Lars daraufhin.

Ich hörte, wie Julian und Leonie kicherten. Jenny und ich zögerten. Ich hätte ihr ja gern einen feurigen Kuss auf ihre schnuckeligen Lippen verpasst, aber mir waren einfach zu viele Spanner im Raum. So etwas hemmt die männliche Spontaneität ungemein.

»Leonie und Julian«, sagte Lars. »Gebt euch doch mal einen Kuss, damit unser Brautpaar sieht, wie so etwas funktioniert. Es scheint so, als hätten sie es vergessen.«

Sehr lustig! Vielleicht würde ich später darüber lachen. In einem anderen Leben.

Leonie und Julian kannten keinerlei Hemmungen. Sie kniffen die Augen zusammen, als hätte ihnen jemand erzählt, dass man das so machen muss, und dann küssten sie sich, wie sich vermutlich zwei Stoßstangen küssen würden. Die beiden waren richtig bemüht uns die Schau zu stehlen.

Was die Zwerge konnten, konnte ich schon lange, und so gab Mister Fantastic seiner Miss World einen solch fantastischen Kuss auf ihre süßen Lippen, dass sie noch in hundert Jahren davon träumen würde. Ich selber entrückte in eine ferne Welt, in der auf einmal nur noch alles seltsam neongelb war und wo heiße Rhythmen aus riesigen regenbogenfarbenen Wolken klangen.

»Das Brautpaar darf jetzt wieder Luft holen«, meinte Lars schließlich ganz trocken und rettete uns sehr wahrscheinlich vor dem Erstickungstod. Jenny hatte jedenfalls schon einen ganz merkwürdig glasigen Blick.

Carmen kam mit einer Flasche Sekt.

»Darf ich die Flasche öffnen?«, fragte ich Carmen.

Ich durfte. Ich hielt die Flasche schräg und hantierte an dem Verschluss herum. Lars ging in Deckung.

»Pass auf, wohin du zielst!«, meinte er.

Ich war aber zu sehr mit dem Verschluss beschäftigt, als der Korken mit der Zerstörungswucht einer Granate gegen den Glasrahmen eines Bildes von Picasso knallte und das Glas zerbrach.

»Und dir vertraue ich meine Tochter an!«, stöhnte Lars und betrachtete den Schaden.

Zum Glück war der Picasso nicht echt, sondern bloß ein Druck, den man in jedem Kaufhaus nachgeworfen bekam, und der Glasrahmen sah auch nicht so aus, als wäre er eine Rarität gewesen. Jedenfalls machten Carmen und Lars kein großes Aufheben davon.

»Auf das Brautpaar!«, sagte Carmen, nachdem sie jedem, bis auf Leonie und Julian, Sekt eingeschenkt hatte (die Kleinen durften ihren Saft aus Sektgläsern trinken, worauf sie mächtig stolz waren).

Wir stießen alle an, dass die Gläser klirrten. Der Sekt prickelte wie Brausetabletten und schmeckte nach mehr als die zwei Schlückchen, die sie Jenny und mir genehmigt hatten, doch die Erwachsenen winkten ab.

»Können wir jetzt den Schlüssel für die Wohnung haben?«, fragte Jenny schließlich.

Die Erwachsenen bestanden darauf, uns zu begleiten.

O Mann, ich wollte mit Jenny endlich alleine sein!

Als Jenny und ich vor die Haustür traten, wurden wir von allen mit Reis beworfen. Toll! Mindestens die Hälfte davon rieselte mir ins Hemd.

Vor dem Eingang des Ferienhauses reichte Lars Jenny den Schlüssel. Jenny sperrte die Tür auf und wollte in das Haus.

»Willst du Jenny nicht über die Schwelle tragen?«, fragte mich da Lars.

Ich wollte ihn fragen wozu, und ob seine Tochter an Muskelschwund litt, doch Jenny schenkte mir einen Blick, der jeden Gletscher zum Schmelzen gebracht hätte.

Jenny legte mir die Hand auf die Schulter. Ich lud sie auf meine Arme, dann trug Mister Fantastic Miss World über die Schwelle. Jenny wog schwerer als ein Sack Kartoffeln. Hätte ich geahnt, was für ein Gewicht ich stemmen muss, hätte ich vorher noch schnell ein paar muskelstärkende Präparate geschluckt. So aber ließ ich sie nach wenigen Schritten wieder herunter.

Julian und Leonie flitzten in die Wohnung und steckten ihre Nase in jedes Zimmer.

»Ich will auch hier wohnen!«, sagte Julian. »Mit Leonie!«

»Dazu seid ihr noch zu klein«, entgegnete Carmen.

»Müssen wir bis dahin noch ganz oft schlafen?«, fragte Julian.

»Klar!«, antwortete Jenny. »Mindestens hundert Millionen Mal!« Sie lachte.

»Ist das viel?«

»Nö!«, antwortete ich. »Bloß ein paar Millionen Jahre!«

»Kommt Kinder!«, sagte Lars. »Wir lassen das frisch vermählte Paar jetzt allein.«

Jenny gab Lars und Carmen zum Abschied einen Kuss. In gewisser Weise war es ein symbolischer und daher ganz besonderer Kuss. Es war, wenn man so will, der Kuss, der ihre Abnabelung besiegelte. Von nun an würde sie sich an der Brust ihres geliebten Mannes ausheulen und nicht mehr bei ihren Eltern, falls sie das überhaupt noch getan haben sollte, seit wir einander liebten. Ich würde es jetzt sein, der sich um sie kümmerte und der sie rund um die Uhr beschützte.

Bevor sie aufbrachen, lud Mama Jenny und mich zum Abendbrot ein. Noch hätten wir ja keine Lebensmittel, meinte sie. »Und außerdem gibt es noch ein paar Kleinigkeiten zu besprechen!«

Wusste ich doch, dass irgendwo noch ein Haken war. »Was für Kleinigkeiten?«, fragte ich voller Misstrauen.

»Von der Liebe allein kann der Mensch nicht leben«, antwortete sie nur und zwinkerte mir zu.

Ich schon!, lag mir auf der Zunge und ich wollte die Einladung schon ausschlagen, weil es meiner Meinung nach nichts mehr zu bekakeln gab, doch mein Magen signalisierte mir, dass er gegen ein ordentliches Abendbrot nichts einzuwenden hätte.

Unter einem Dach

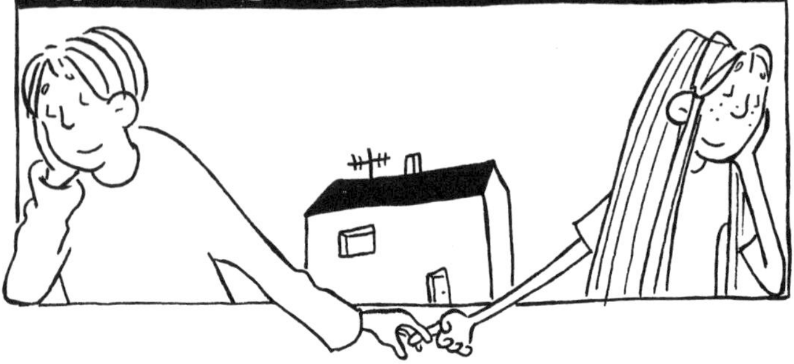

FINN Endlich war Mister Fantastic mit seiner Miss World allein. Es war ein bewegender Moment, den ich auch gern etwas länger ausgekostet hätte, wenn da nicht ein allzu menschliches Bedürfnis gewesen wäre. Ich schaffte es gerade noch aufs Klo und leerte meine Blase, wie ich es am liebsten tue: im Stehen. Zu Hause und auch bei Jennys Eltern musste ich immer sitzen. Lästige Schriftzüge auf dem Klodeckel und ausgeschnittene Cartoons an der Kachelwand nötigten dem friedliebenden Manne ein völlig unnatürliches Verhalten auf. Das war nun vorbei. Keiner würde mir mehr vorschreiben können, wie ich zu pinkeln hatte. Mir dämmerte allmählich, was der vollzogene Schritt in die Unabhängigkeit so alles an Vorteilen mit sich brachte.

Danach nahmen Jenny und ich erst einmal die Wohnung in Augenschein. Sie war voll möbliert, wie es sich für eine Ferienwohnung gehörte. All das war jetzt unser Besitz und würde es für alle Ewigkeit bleiben. Cool.

Mich interessierte hauptsächlich der Fernseher. Nicht

gerade das neueste Modell. Die Fernbedienung lag auf dem Receiver daneben. Ich schaltete das Gerät ein.

»Du willst doch jetzt nicht etwa fernsehen!«, meinte Jenny mit einem strafenden Blick.

»Ich will nur testen, wie viel Programme gespeichert sind«, antwortete ich und fand schnell heraus, dass sämtliche zum Überleben erforderlichen Sender zu empfangen waren.

»Finn!«, kreischte Jenny plötzlich im Bad.

Ich kannte den Schrei. Wahrscheinlich hatte sie eine Spinne entdeckt. Jenny ekelte sich vor Spinnen. Ich grinste und eilte ins Bad, um sie vor dem achtbeinigen Monster zu retten.

»Finn, du bist ein Ferkel!«, empfing mich Jenny und starrte entsetzt auf die Klobrille.

Die dicken gelben Tropfen waren nicht zu übersehen. Ich hatte nur noch einen Gedanken: dass sich die Erde auftat und ich darin verschwinden konnte, bis Gras über die peinliche Angelegenheit gewachsen war.

»Du hast im Stehen gepinkelt und nicht einmal die Klobrille hochgeklappt!«, hielt sie mir vor. »Du weißt ganz genau, dass du dabei sitzen sollst!«

Da war sie hin, die frisch erworbene Freiheit. Mein schlechtes Gewissen hinderte mich daran, ihr zu widersprechen oder zumindest einen Kompromiss herauszuholen. Dass ich wenigstens an den ungeraden Tagen im Stehen meinem Bedürfnis nachgehen durfte oder etwas in der Art.

»Das wischst du sofort weg!«, verlangte Jenny.

»Womit denn?«, fragte ich.

»Vielleicht mit einem Lappen!«

Nun ist das leichter gesagt als getan. Jenny konnte nicht wissen, dass ich vor Putzlappen einen noch viel schlimmeren Horror hatte als sie vor Spinnen. Mir graute davor, einen Putzlappen anzufassen. Vielleicht sollte ich mal einen Psychiater aufsuchen. Aber der würde mir nur erzählen, dass ich eine extreme Abneigung gegen Dinge entwickelt hätte, die mit Putzen zu tun haben, und dass dies für einen jungen Mann eine völlig normale Phase sei, die etwa bis zum Greisenalter anhalten kann, und ich mir deshalb nicht die geringsten Sorgen machen müsste.

»Kannst du das nicht machen?«, startete ich einen zaghaften Versuch.

Jenny zeigte mir den Vogel.

»Schon gut«, sagte ich, nahm mit spitzen Fingern einen Lappen und wischte die verräterischen Spuren weg.

Die Wohnung war ideal. Es gab einen Wohnbereich, mit bereits erwähntem Fernseher und einer Küchenzeile, ein Schlafzimmer, das Bad, in dem sich nicht nur das Klo, sondern auch die Waschmaschine befand, und einen Abstellraum mit Staubsauger, Besen, Handfeger, Bügelbrett, Bügeleisen und lauter solch sonderbaren Gegenständen. Jennys Eltern hoben wirklich die überflüssigsten Dinge auf.

Der Elektroherd hatte einen Backofen und drei Platten, der Kühlschrank war noch leer. Sogar eine Mikrowelle und ein Toaster gehörten zur Ausstattung. Nur eines schien zu fehlen, etwas Entscheidendes, etwas, was den Alltag erst erträglich macht.

»Gibt es hier keine Geschirrspülmaschine?«, fragte ich Jenny.

Meine Befürchtung bestätigte sich. Es war ein herber Rückschlag, eine Katastrophe. Bei der Vorstellung, meine gepflegten Hände in schmutziges, von Milliarden kleinster Fettpartikel verseuchtes Spülwasser zu tauchen, lief mir ein Schauer den Rücken hinunter. Da half nur eins: Ich würde ganz einfach kein Geschirr benutzen, dann brauchte ich nicht abzuwaschen. Es sei denn, Mama hatte noch Plastikbesteck und Pappteller von Leonies letzter Geburtstagsparty übrig. Das würde die Sache natürlich erheblich vereinfachen, so dass ich meinen Lebensstandard in etwa würde beibehalten können.

JENNY Ich hatte mir so gewünscht, mit Finn wie Mann und Frau zu leben, und jetzt war mein Traum in Erfüllung gegangen. Wir hatten eine gemeinsame Wohnung! Ich war so glücklich, dass ich die ganze Welt hätte umarmen können.

Finn saß auf der Couch und sah sich eine Übertragung der Formel 1 an. Ich werde niemals verstehen, was die Leute so interessant daran finden, wenn Erwachsene mit ihren Autos im Kreis fahren. Ich fand es jedenfalls albern.

»Gefällt dir die Wohnung?«, fragte ich Finn und setzte mich neben ihn.

»Hm!«, antwortete Finn ohne seinen Blick von dem Geschehen auf dem Bildschirm zu lassen.

»Bist du glücklich?«

»Hm!«

»Liebst du mich?«

»Hm!«

»Dann beweise es!«

Finn starrte auf den Fernseher. Ich erhob mich und stellte mich vor ihn.

»Du stehst im Bild!«, meinte Finn und versuchte an mir vorbeizuschauen.

»Ich möchte einen Beweis!«, beharrte ich.

»Wofür?«

»Dass du mich liebst!«

»Einen Beweis?«, entgegnete er. »Ich darf dich daran erinnern, dass ich dich eben erst geheiratet habe.«

»Und mir kommt es vor, als wäre es vor hundert Jahren gewesen! Ich bestehe auf einen neuen Beweis!«

»Gleich!«, sagte Finn. »Noch zwei Runden und das Rennen ist zu Ende!«

»Nein, jetzt! Ich möchte, dass du den Fernseher ausmachst!«

»Was?«

»Wenn du mich wirklich liebst, tust du es!«

»Warte noch einen Augenblick!«, flehte Finn. »Danach tue ich alles, was du willst!«

»Jetzt!«

»Na schön!«, sagte Finn, nahm die Fernbedienung und schaltete den Fernseher ab.

Ich war stolz auf mich, denn ich hatte etwas geschafft, wovon die meisten Frauen nur träumen können: dass ein Mann auf seine Sportsendung verzichtete, nur um seiner Frau zu beweisen, wie sehr er sie liebt. Ich war

Finn so dankbar und schenkte ihm ein Lächeln, süßer als kandierte Früchte.

Er musste mein Lächeln falsch gedeutet haben, denn er schaltete den Fernseher wieder an.

»Das zählt nicht!«, protestierte ich.

»Wieso?«, entgegnete er. »Du wolltest, dass ich den Fernseher abschalte, das habe ich getan! Du hast nicht gesagt, dass ich ihn nicht wieder anmachen darf!« Er lachte.

»Du bist gemein!«, sagte ich und wollte ihm die Fernbedienung entreißen, als es plötzlich an der Tür klingelte.

Es war Melli, meine allerbeste Freundin. Melli vertraute ich alle meine Geheimnisse an. Allerdings hatte ich sie in letzter Zeit wegen Finn ein wenig vernachlässigt. Ich hatte deswegen auch schon ein schlechtes Gewissen. Umso erfreuter war ich, als sie auf einmal vor mir stand.

Ich fiel Melli um den Hals, dann drehte ich mich wie ein Topmodel im Kreis, damit sie mich bewundern konnte.

»Cool!«, sagte sie und blickte mich voller Neid an. »Julian, der Spinner, hat erzählt, du und Finn, ihr hättet geheiratet und wärt zusammengezogen!«

Ich strahlte wie zur Bestätigung über das ganze Gesicht und zeigte ihr meinen Trauring.

»Nein!«

»Doch! Allerdings nur standesamtlich. Kirchlich wollten wir uns nicht trauen lassen.«

»Du nimmst mich doch auf den Arm! Mit zwölf darfst du noch gar nicht heiraten!«

»Finn und ich haben eine Sondergenehmigung erhalten!«, flunkerte ich und blieb ganz ernst – zumindest versuchte ich es.

Melli wirkte verunsichert. Ihr Verstand sagte ihr, dass ich Blödsinn redete, insgeheim aber hoffte sie auf das Unmögliche, auf die Sensation.

Ich musste plötzlich lachen, nahm sie an den Händen und führte mit ihr einen Freudentanz auf. Melli fand daran wenig Gefallen und verlangte sie nicht länger auf die Folter zu spannen, so dass ich sie schließlich von ihren Qualen erlöste.

»Cool!«, sagte Melli noch einmal, nachdem ich ihr alles geschildert hatte.

Ich ging mit ihr ins Haus. Finn saß noch immer vor dem Fernseher und sah sich die Siegerehrung der Formel 1 an! Sie spielten gerade eine Nationalhymne, von der ich lediglich wusste, dass es nicht die deutsche war.

Finn blickte kurz auf und starrte wieder auf den Fernseher, wo die Rennfahrer sich gegenseitig mit Sekt bespritzten.

»Du benimmst dich schon wie ein Pascha!«, sagte Melli auf ihre direkte Art. Sie kann es nun mal nicht leiden, wenn man ihr nicht genügend Beachtung schenkt.

»O Melli, du stehst gerade am Kühlschrank!«, mimte Finn den Macker. »Kannst du mir mal eine Flasche Bier rausholen? Das wäre unheimlich lieb von dir.« Als hätte das nicht schon genügt, machte er auch noch einen Kussmund.

»Sehr witzig!«, sagte Melli und streckte Finn die Zunge heraus.

Die beiden waren manchmal wie Hund und Katze und doch gab es gelegentlich Momente, wo sie sich vertrugen. Es lag immer auch ein bisschen an Melli und wie lange sie ihr Mundwerk unter Kontrolle hatte.

Ich führte Melli durch die Wohnung. Melli fand, die Wohnung sei ein Traum. Zum Schluss zeigte ich ihr das Schlafzimmer. »Du schläfst doch nicht mit Finn in einem Bett?«, fragte mich Melli entsetzt.

»Warum nicht?«, antwortete ich. Das Bett war schön breit, wie es sich für ein Ehebett gehört, nur dass es noch nicht bezogen war.

»Habt ihr auch an Kondome gedacht?«, fragte Melli kichernd.

Melli kam auf Ideen!

»Der Freund von meiner Schwester benutzt immer Willy Boy«, kicherte Melli. »Die sollen besonders sicher sein!«

Ich versuchte Melli den Mund zuzuhalten. Wenn Finn das hörte! Was sollte er bloß von uns denken?

Melli setzte sich zur Wehr. »Es gibt sie in Gelb, in Rot und in Schwarz!«

Es gab Augenblicke, da hätte ich sie umbringen können. Melli versuchte sich aus meiner Umklammerung zu befreien und bald wälzten wir uns auf dem Bett wie zwei Ringkämpferinnen. Es war bloß Spaß und wir mussten furchtbar kichern.

»Es gibt jetzt auch Kondome im Miniformat!«, meinte Melli. »Extra für Jungs mit einem kleinen Willy!«

Melli lachte, dass ihr die Tränen kamen. Mir ging es nicht viel anders. Wir brauchten eine Weile, bis wir wieder einigermaßen bei Sinnen waren. Hoffentlich hatte Finn nichts mitbekommen. Jungs können ja so empfindlich sein, wenn man über ihre Männlichkeit Scherze macht.

Plötzlich sprang Melli vom Bett auf und rannte aus dem Zimmer. Da ich mir denken konnte, was sie vorhatte, stürzte ich hinter ihr her.

»Welche Farbe magst du am liebsten?«, fragte Melli Finn. »Rot, gelb oder schwarz?«

Ich hielt Melli den Mund zu. »Sei ruhig oder du bist nicht mehr meine Freundin!«, warnte ich sie. »Ich meine es ernst!«

Finn hatte sich inzwischen eine Antwort überlegt: »Grün-blau gestreift, wenn du es genau wissen willst!«

Melli riss sich los und kriegte einen hysterischen Lachanfall. Ich sah ihr an, dass ihr ein dummer Spruch auf der Zunge lag, sie nahm auch mehrmals Anlauf, doch sie musste so lachen, dass ihr nicht eine Silbe über die Lippen kam. Ich öffnete die Terrassentür und schob Melli nach draußen.

»Du könntest mir helfen ein paar Sachen rüberzutragen«, fiel mir ein und so machten wir uns auf den Weg zu mir.

Ich besorgte mir einen leeren Karton, sah mich in meinem Zimmer um und überlegte, was ich alles mitnehmen könnte.

»Schenkst du mir das Richie-Poster?«, fragte mich Melli allen Ernstes. »Das brauchst du doch jetzt nicht mehr, wenn du umziehst.«

Ich hatte mehrere Poster von Richie an der Wand hängen. Melli meinte das, auf dem Richie mit nacktem Oberkörper abgebildet war. Er hatte nur Jeans an und die waren auch noch aufgeknöpft, so dass man den Ansatz seines weißen Slips erkennen konnte. Richie hatte einen traumhaften Körper. Allerdings hatte ich auch einen traumhaften Mann, nur dass dieser traumhafte Mann im Augenblick Formel 1 guckte. Nicht gerade eine Ruhmestat.

»Bist du verrückt?«, entgegnete ich. Es war mein Lieblingsposter. »Vielleicht nehme ich es mit und hänge es über unser Bett.« Es sollte ein Scherz sein. Finn wäre bestimmt nicht begeistert gewesen, wenn ich das getan hätte. Mich hätte es ja auch gestört, wenn er mit einem Poster von einem halb nackten Leinwandstar angekommen wäre. Obwohl ich mir eigentlich darum keine großen Sorgen machen musste. In Finns Zimmer hingen ausschließlich Fußballspieler.

Melli starrte noch immer auf das Richie-Poster und seufzte. »Du hast es gut«, meinte sie. »Du kannst mit Finn zusammenziehen. Und ich? Ich habe nicht mal einen Freund, der mich zu einem blöden Eis einlädt!«

Was war los mit ihr? »Hast du nicht selbst erzählt, lieber Jungfrau zu bleiben als etwas mit einem Jungen anzufangen?«, erinnerte ich sie.

»Bei Richie würde ich eine Ausnahme machen«, seufzte Melli.

»Richie ist ein Stern«, sagte ich. »Unerreichbar für dich!«

Ich fing an ein paar Sachen in den Karton zu packen, meine Richie-CDs und die Toilettenartikel zuerst.

»Lass dir ja nicht von Finn auf der Nase herumtanzen!«, warnte mich Melli.

»Das habe ich auch nicht vor!«, sagte ich.

»Und bediene ihn nicht von vorne bis hinten! Sonst bist du bald nur noch seine Putze!«

»Bei uns wird es absolut gleichberechtigt zugehen«, sagte ich.

»Dann habt ihr schon alles geregelt?«

»Finn und ich brauchen nichts zu regeln! Das klappt auch so!«

»Jenny, hör auf eine erfahrene Freundin. Kläre jeden Punkt einzeln ab. Wer wann mit dem Kochen an der Reihe ist, wer wann die Wäsche wäscht, wer wann Staub saugt, wer wann abwäscht. Mach alles schriftlich und lass es von Finn unterschreiben und notfalls noch notariell beglaubigen!«

»Du hast ja auch schon mit so vielen Jungs zusammengelebt!«, entgegnete ich schnippisch.

»Männer können so gemein sein!«, sagte Melli.

»Finn nicht!«, beharrte ich.

»Das hat Donna von ihrem Freund auch gedacht, bis sie mit ihm zusammengezogen ist und er sie nur noch geschlagen hat!«

Donna war eine klasse Sängerin und der sie verprügelt hatte, kein geringerer als Tiger Adams, der beste Basketballspieler der NBC. Ich hatte von Donnas Pech in *POP* gelesen. Inzwischen hatte sie sich von Tiger getrennt. Ich hätte nicht so lange damit gewartet wie sie.

»Du glaubst doch nicht, dass Finn mich jemals schlagen würde!«, entgegnete ich empört. Finn war der feinfühligste Junge der Welt. Ich hatte absolutes Vertrauen zu ihm. Ich war sicher, dass er mich niemals enttäuschen würde.

»Sag nicht, ich hätte dich nicht gewarnt!«, meinte Melli und half mir beim Packen.

Wir mussten ungefähr drei-, viermal gehen, dann waren alle meine persönlichen Sachen drüben, einschließlich meiner Bettwäsche und den Klamotten. Finn war so lieb und hatte uns geholfen, ohne dass ich ihn hätte darum bitten müssen.

Ich ging ein letztes Mal zurück, um meine Schultasche zu holen. Ich sah mich um, ob ich auch ja alles Wichtige mitgenommen hatte. Dabei blieb mein Blick auf meinem geliebten Richie-Poster hängen. Eine plötzliche Sehnsucht steckte mein Herz in Brand, doch als hätte jemand mit den Fingern geschnippt, erlosch das Feuer wie von selbst.

»Bitte verzeih mir, Richie«, murmelte ich zum Abschied. »Aber ich lebe jetzt mit einem anderen Mann zusammen.« Es war merkwürdig, ich hatte das Gefühl, ich verlasse meinen Geliebten, um zu meinem Ehemann zurückzukehren. Doch so richtig hatte ich Richie nicht verlassen, ich hatte ja noch seine CDs.

Finn war seine Anlage am wichtigsten, deswegen brachte er sie auch als Erstes her. Meine wäre längst nicht so gut, hatte er behauptet. Mir war es egal. Die Hauptsache, ich hatte die Möglichkeit, Richies CDs zu spielen. Den Rest seiner Sachen hatten wir noch vor dem Abendbrot drüben.

Melli, die mit dem Rad da war, musste nach Hause. Ich begleitete sie zur Straße.

»Wenn du Beistand brauchst, ruf mich an«, sagte Melli.

Wir umarmten uns, dann fuhr sie los. Nach ein paar Metern drehte sie sich um. »Und viel Spaß in der Hochzeitsnacht!«, rief sie, dass es alle Leute hören konnten.

Hochzeitsnacht

FINN Jenny und ich bezogen das eheliche Bett mit einem Spannbettlaken. Ich fühlte mich wie gerädert und wollte nur noch schlafen. Auch Jenny machte nicht mehr den frischesten Eindruck.

»Möchtest du zuerst ins Badezimmer?«, fragte sie mich.

Ich hatte keine Ahnung, was ich dort sollte, als mir plötzlich einfiel, dass es der sicherste Ort war, unbeobachtet in den Schlafanzug zu steigen. Ich ließ ihr dennoch den Vortritt. Jenny nahm ihren Schlafanzug und schloss sich im Badezimmer ein.

Ich setzte mich auf die Bettkante und wartete. Jenny hätte sich ruhig ein bisschen mehr beeilen können. Ich kämpfte gegen den Schlaf an wie gegen einen übermächtigen Feind. Dann überlegte ich, ob es nicht ratsamer sei, schon mal in den Schlafanzug zu schlüpfen und ins Bett zu steigen. War nur noch das Problem, beim Umziehen nicht von Jenny überrascht zu werden und plötzlich in der Unterhose vor ihr zu stehen. Ich will damit nur sagen, dass ich viel zu müde war in Erfahrung zu bringen, wie sie auf Mister Fantastic in Unterhose reagieren würde. Ob sie den Anblick sexy fand oder einfach nur zum Totlachen. Und da ich Letzteres vermutlich nicht überlebt hätte, zog ich mich in einem Tempo um, das Superman alle Ehre gemacht hätte, und kroch unter die Bettdecke.

JENNY *Was machst du nur, wenn Finn sich an dich kuschelt? Wenn er mehr von dir will! O Gott! Ich bin einfach noch nicht so weit! Mir genügt es völlig, mit ihm zusammen zu sein, seine Nähe zu spüren!*

Nun geh schon zu ihm! Du kannst nicht die ganze Nacht im Badezimmer verbringen! Lass dir was einfallen, weshalb du heute verhindert bist. Irgendetwas Überzeugendes… Ich könnte sagen, dass ich … Kopfschmerzen hätte. Großartig, Jenny! Ich würde fürchterliche Kopfschmerzen haben! Migräne! Finn würde darauf bestimmt Rücksicht nehmen. Jetzt kann dir nichts mehr passieren.

Ich schloss die Badezimmertür auf. Mein Herz schlug tausend Beats die Minute. Finn war bereits im Schlafzimmer. Sicher wartete er schon voller Ungeduld auf mein Erscheinen. Hoffentlich würde er nicht allzu enttäuscht sein, wenn ich ihn abwimmelte.

Finn lag im Bett, die Augen hatte er geschlossen. Es sah fast so aus, als würde er schlafen. Bloß nicht aufwecken!, schoss es mir durch den Kopf. Weck ihn bloß nicht auf! Ich ging auf Zehenspitzen um das Bett herum.

Plötzlich musste ich niesen. Mist! Ich warf rasch einen Blick auf Finn. Er war wach geworden und blinzelte mich an.

»Hast du schon geschlafen?«, fragte ich ihn und ärgerte mich über mein Missgeschick.

»Ich habe bloß ein bisschen nachgedacht«, murmelte Finn schlaftrunken.

O je! Es klang fast so, als hätte er sich Gedanken über den Verlauf dieser Nacht gemacht. Ich stieg ins Bett und knipste das Licht aus. In der Dunkelheit fühlte ich mich sicherer.

»Bereust du es schon, dass wir zusammengezogen sind?«, fragte ich Finn. Wenn ich ihn in ein Gespräch verwickelte, kam er möglicherweise gar nicht auf die Idee, mir auf die Pelle zu rücken.

»Quatsch!«, antwortete Finn.

»Oder befürchtest du, dass wir mit dem Haushaltsgeld nicht auskommen?« Silke hatte Recht gehabt, von der Liebe allein kann der Mensch nicht leben. Deswegen hatten sie und Papa und Mama für uns eine Haushaltskasse eingerichtet, in die sie wöchentlich einen bestimmten Betrag einzahlen wollten. Die Kasse durften wir selbst verwalten. Das bedeutete, dass Finn und ich vernünftig wirtschaften mussten, denn mehr, als in der Kasse war, waren die Erwachsenen auf keinen Fall bereit dazuzuschießen. Notfalls würden wir hungern müssen. Waschpulver und was wir sonst so zum Putzen brauchten, wollten sie uns gratis zur Verfügung stellen. Ein paar Grundnahrungsmittel hatten sie uns netterweise mitgegeben. Toast und Marmelade zum

Frühstück, Margarine, Salz, Zucker, Milch, Kakao, Nudeln und einige Konserven. Darüber hinaus hatte jeder noch sein Taschengeld.

»Weiß nicht«, antwortete Finn.

Es entstand eine Pause. Je länger sie dauerte, umso mehr empfand ich sie wie eine dicke, fette, giftige Qualle, die sich mir bedrohlich näherte, ohne dass ich in der Lage gewesen wäre, ihr auszuweichen. Zeit, die Migräne zu erwähnen. Bevor ich vor lauter Panik wie im Koma dalag und im entscheidenden Augenblick die Zähne nicht mehr auseinander bekam.

»Ich finde es megacool, dass deine Eltern uns erlauben in dem Haus zu wohnen!«, unterbrach Finn die Stille.

Natürlich war es cool, dass sie uns so fantastisch unterstützten, trotzdem hielt ich es für ratsam, ihre Großzügigkeit mit Vorsicht zu genießen. »Papa und Mama würden nie mitmachen, wenn sie nicht einen Plan verfolgten!«, sagte ich.

»Was für einen Plan?«, fragte Finn.

»Ganz einfach«, antwortete ich. »Sie lassen uns zusammenleben, weil sie glauben, dass wir uns dann schon nach zwei Tagen nicht mehr riechen können und uns für immer trennen!«

»Da können sie aber lange warten!«, sagte Finn.

Seine Zuversicht tat mir so gut wie ein zärtlicher Kuss. »Wie lange?«, fragte ich ihn im Scherz. »Eine Woche, einen Monat!«

»Viel länger!«

»Ein halbes Jahr?«

»Viel länger!«

»Ein Jahr?«

»Vier Trillionen Jahre!«, antwortete Finn.

»Ist das ein Versprechen?«

»So wahr ich Finn Meyer heiße!«

Am liebsten hätte ich mich an ihn gekuschelt, wenn es nicht gerade unsere Hochzeitsnacht gewesen wäre und die Angst nicht wieder so eindringlich an meiner Bettdecke gezerrt hätte.

Ich wollte auf keinen Fall, dass eine neue Pause entstand, und fing einfach an zu quasseln. Ich zählte auf, was wir am nächsten Tag alles einkaufen müssten, bis mir auffiel, dass Finn schon seit ein paar Minuten keinen Laut mehr von sich gegeben hatte.

»Finn?«, flüsterte ich. Ich hörte sein gleichmäßiges Atmen. »Schläfst du?«

Finn schlief tatsächlich. Vermutlich hatte er mein Gequassel nicht mehr ertragen und war vor lauter Verzweiflung in den Schlaf geflüchtet. Armer Finn. Dabei hätte ich ihm so gern noch einen Gutenachtkuss gegeben. Plötzlich musste ich daran denken, dass Finn garantiert nicht den Wecker gestellt hatte. Und so war es auch. Wie peinlich, wenn wir gleich am ersten Tag verschlafen hätten!

Grauer Alltag

FINN Der Wecker riss mich brutal aus dem Schlaf, so dass ich alle Mühe hatte, mich zu orientieren. Als ich Jenny neben mir liegen sah, kehrte allmählich die Erinnerung zurück. Jenny schlummerte noch tief und fest, und das bei dem höllischen Lärm. Ich hätte den Anblick sicherlich lustig gefunden, wenn mir der Wecker nicht so gewaltig auf den Geist gegangen wäre. Ich beugte mich über Jenny und stellte das mörderische Piepen ab. Sofort ging es mir besser.

»Jenny!« Ich rüttelte vorsichtig an ihrer Schulter. Süß sah sie aus, wenn sie schlief. »Jenny!« Diese Frau hatte einen Schlaf, Wahnsinn! Ich rüttelte etwas stärker.

»Mmh?«, murmelte sie.

»Wir müssen aufstehen!«

»Mmh!« Jenny drehte sich auf die andere Seite, dabei zog sie sich die Bettdecke halb über den Kopf. Na toll! Ich konnte nur hoffen, dass es keine Angewohnheit von ihr war, mit dem Elan eines Faultieres in den Tag zu starten.

»Ich gehe jetzt ins Bad«, sagte ich. »Machst du schon mal das Frühstück?«

»Mmh!«

Bevor ich mir die Zähne putzte, betrachtete ich mich sehr eingehend im Spiegel. Hatte ich mich verändert? Gestern zur selben Zeit war ich noch ledig gewesen und hing am Rockzipfel meiner Mutter, jetzt war ich verheiratet und lebte mit der Frau meiner Träume in einem kleinen, aber schmucken Haus. Ich starrte also in den Spiegel, guckte eine Weile und war enttäuscht. Mein Gesicht sah so aus wie gestern. Weil das aber unmöglich sein konnte, studierte ich die Gesichtszüge genauer, drückte meine Nase fast gegen den Spiegel, wich wieder zurück und plötzlich offenbarte sich mir die ungefähre Ahnung einer Veränderung. Bloß welcher? *Du musst dich konzentrieren!,* sagte ich mir, kniff die Augen zusammen und dann machte ich eine sagenhafte Entdeckung. Ich konnte jetzt deutlich erkennen, dass ich irgendwie reifer wirkte. Männlicher. Cool! Pfeifend kämmte ich mein Haar, das mir auf einmal gar nicht mehr so dünn und strohig vorkam, sondern fülliger und weicher. Ich hätte mich selbst umarmen können, so zufrieden war ich mit mir.

Der Frühstückstisch war nicht gedeckt. Hm! Irgendwie hatte ich mir das anders vorgestellt. Ich ging ins Schlafzimmer. Jenny schlummerte, als hätten wir Ferien. Ich rüttelte sie. Sie reagierte nicht. Ich versuchte es noch einmal. Sie drehte sich weg, als wäre es ihr lästig, dass ich sie anfasste. Da half nur eins: Die Holzhammermethode. Ich nahm den Wecker, löste durch Änderung der Weckzeit den Alarm aus und hielt ihr den Apparat ans Ohr.

Jenny wäre beinahe aus dem Bett gefallen. »Spinnst du!«, schnauzte sie mich an und schenkte mir einen Blick, den ich nicht mal meinem ärgsten Feind gönnen würde.

»In fünfundzwanzig Minuten fährt unser Bus!«, sagte ich und stellte den Wecker ab. »Ich will vorher noch in Ruhe frühstücken!«

»Ich frühstücke nie vor der Schule!«, sagte Jenny keine Spur freundlicher. »Oder meinst du, ich will eines Tages so aussehen wie Bianca!«

Bianca ging in die Parallelklasse von Jenny und stieg mit uns jeden Morgen in denselben Bus. Sie hatte einen Umfang, dass ein Junge schon ein halbes Dutzend Krakenarme haben musste, wollte er sie um die Taille fassen. Ich verstand nicht, was ein kleiner Happen am Morgen mit Biancas leiblicher Fülle zu tun haben sollte, und zog mich in die Küche zurück, wo ich zwei Scheiben Toast in den Toaster steckte.

Jenny verschwand wortlos im Badezimmer. Ich machte mir einen Kakao und wartete, bis die Toasts aus dem Toaster sprangen, und weil ich es nicht leiden kann, wenn die Margarine auf dem warmen Toast schwimmt, ließ ich die Scheiben ordentlich abkühlen.

»Hast du etwa ohne mich zu frühstücken angefangen?«, beklagte sich Jenny, als sie aus dem Badezimmer kam.

»Du wolltest doch nichts frühstücken!«, antwortete ich. Langsam wurde ich sauer.

»Wenigstens einen Kakao hättest du mir machen können!«, entgegnete sie und rührte sich selber einen an.

Die Stimmung war so eisig, dass man sie hätte lutschen können. Ich fragte mich, ob alle frisch vermählten Frauen am nächsten Tag so zickig waren. Hatte ich womöglich einen Morgenmuffel geheiratet? Nicht gerade ein Gedanke, der einen aufbaut.

Ich schaute auf die Uhr. Wir hatten noch fünf Minuten Zeit, trotzdem machte ich mich zum Aufbruch fertig. Noch ein falsches Wort von ihr und ich war bereit allein zur Bushaltestelle zu gehen.

Jenny trank ihren Kakao und war auf einmal wie umgewandelt. »Entschuldige, dass ich so ekelig zu dir war«, sagte sie, »aber dass du mir den Wecker ans Ohr gehalten hast, hat mich wirklich zu Tode erschreckt.«

»Anders hätte ich dich nicht wach gekriegt«, entgegnete ich. »Du schläfst wie ein Murmeltier.«

»Ich weiß«, sagte Jenny. »Das ist mir auch unangenehm. Aber wenn ich erst mal meinen Kakao getrunken habe, bin ich fit.«

Irgendwie erinnerte mich das an Mama. Die musste morgens immer erst ihren Kaffee getrunken haben, bis sie einigermaßen genießbar war.

»Findest du das sehr schlimm?«, fragte Jenny und blickte mich an wie eine kleine Sünderin den Papst.

Ich dachte an Mama und wie stressig es mit ihr mitunter gewesen war. Ehrlich gesagt gefiel mir die Parallele ganz und gar nicht. »Nein«, log ich und suchte vergeblich eine Antwort auf die Frage, wie ein normaler Mensch (ich meine damit jemanden, der morgens aufwacht und die Welt umarmen könnte – so wie ich –, wenn nicht gerade Schule wäre) es sein Leben lang mit einem Morgenmuffel aushalten soll, ohne dass er eines Tages, was weiß ich, vielleicht durchdreht.

»Dann vertragen wir uns wieder?«, fragte Jenny.

Was blieb mir anderes übrig? Bei dem hoffnungsvollen Lächeln, das wie ein exotischer Schmetterling auf ihren süßen Lippen haftete.

Sie umarmte mich, gab mir einen Kuss und alles war wieder paletti. Wir schnappten unsere Schultaschen und machten uns auf den etwa fünfminütigen Marsch zur Bushaltestelle. Wir mussten uns beeilen. Kaum waren wir da, kam auch schon der Bus. Wir stiegen ein und setzten uns zusammen. Schräg gegenüber saß Bianca. Ich linste zu ihr rüber und stellte fest, dass zwei Krakenarme für ihre Taille völlig ausreichend waren.

JENNY Gegenüber der Steffanikirche stiegen wir um, wobei sich gleichzeitig unsere Wege trennten (unsere Schulen lagen leider ein paar Busstationen voneinander entfernt).

»Wann?«, fragte ich Finn und blickte ihm in die Augen. Eine Welle des Wohlseins brandete gegen mein Herz und plötzlich wurde mir bewusst, dass ich ihn noch in zweihundert Jahren lieben würde.

Finn grinste. »Fünf vor zwölf!«, antwortete er.

Wir hatten uns angewöhnt jeden Morgen zu einer ganz bestimmten Zeit besonders intensiv aneinander zu denken. Natürlich dachte ich immerzu an Finn, die exakte Uhrzeit diente jedoch dazu, dass wir absolut sicher sein konnten auf die Sekunde genau in Gedanken beisammen zu sein. Mal war es zehn nach neun im Biounterricht, mal zwanzig vor elf in Kunst, mal drei nach eins in Deutsch. Immer eine Minute lang. Es war jedes Mal so, als würden sich unsere Seelen an einem geheimen Ort treffen und eine kleine Verschwörung abhalten. Ein wahnsinnig schönes Gefühl, kann ich nur sagen. Sollte ruhig jeder einmal ausprobieren, sofern er nicht gerade solo ist.

In diesem Augenblick kam mein Bus.

»Wehe, du denkst nicht an mich!«, sagte ich. »Ich spüre das sofort!« Ich gab ihm einen Abschiedskuss und stieg in den Bus.

Ich war noch nicht ganz auf dem Schulhof, da kamen Karen, Julia, Vanessa, Nicole und Tabea kichernd auf mich zugestürmt. Sie hätten gehört, dass ich Finn geheiratet hätte und mit ihm zusammenleben würde und dass wir in einem Bett schliefen und dass das alles unheimlich cool wäre. Einerseits hätte ich Melli umbringen können, weil sie immer alles ausposaunen musste, andererseits genoss ich es, wie sie mich umringten. Sie waren natürlich neidisch. Jede von ihnen hätte gern so gelebt wie ich. Weil ihr Gekichere kein Ende nehmen wollte, machte ich mich auf die Suche nach Melli.

Melli stand bei Kerstin. Als sie mich sah, hielt sie sich die Hand vor den Mund und rannte weg. Wahrscheinlich dachte sie, ich wäre sauer auf sie und wollte sie nun zur Rede stellen. Sie blieb aber schon nach wenigen Metern stehen. Sie hatte wohl eingesehen, dass es unsinnig war, vor mir wegzulaufen. Schließlich saß sie im Unterricht neben mir, spätestens da wäre sie mir ausgeliefert gewesen.

»Du hast nicht gesagt, dass ich den Mund halten soll!«, jammerte sie. Trotzdem hielt sie die Hände schützend vor ihr Gesicht, als rechnete sie damit, dass ich sie verprügelte.

Es stimmte, ich hatte nicht verlangt, dass sie nichts verraten soll.

»Melli, ich bin ja so glücklich!«, sagte ich und fiel ihr um den Hals.

»Ich hoffe, ihr habt ein Kondom benutzt!«, sagte Melli und kicherte.

Nur um sie ein wenig zu schockieren, nickte ich.

»Ich glaub's nicht!«, sagte Melli und schaute mich mit großen fassungslosen Augen an.

»Beruhige dich, wir haben es verschoben«, sagte ich. »Wir finden, dass es besser ist, noch ein bisschen damit zu warten. Immerhin ist es ein sehr entscheidender Schritt, den man erst machen sollte, wenn man sich länger kennt. Finn ist ja so süß. Weißt du, was er gesagt hat? Er wolle mir nicht das Gefühl geben, er hätte mich nur deswegen geheiratet.«

Ja, ich weiß, nicht gerade originell, die beste Freundin so anzuschmieren. Aber hatte ich überhaupt eine andere Wahl? Es wäre Finn gegenüber doch unfair gewesen, wenn ich ihr erzählt hätte, dass er in der Hochzeitsnacht eingeschlafen war, zumal ich darüber gar nicht einmal so unglücklich gewesen bin.

FINN In der ersten großen Pause schlug mir jemand von hinten auf den Rücken. Raffael! Wir spielten in derselben Fußballmannschaft. Raffael ging in die 6c, er war ein begnadeter Fußballer und schoss die meisten Tore. Leider verhielt er sich auf dem Fußballfeld wie ein soziales Arschloch. Er gab nie ab und war ständig am Meckern. Ich konnte mir schon denken, was er von mir wollte.

»Mann, du Flasche, wo warst du am Samstag?«, erkundigte er sich. »Wegen dir haben wir verloren!«

Ich war die letzten drei, vier Male nicht mehr beim Training gewesen. Wegen Jenny. Ich wollte lieber die Zeit mit ihr verbringen. Wer selbst einmal verknallt gewesen ist, wird das sicherlich nachvollziehen können. Freitagmorgen hatte Raffael mich beschworen am Samstag zu spielen, weil sie einen Mann zu wenig hätten. Er bedrängte mich so lange, bis ich zusagte. Jenny würde sowieso an der Nordsee sein und vielleicht kam ich auf diese Weise um Opas Geburtstag herum. Aber Mama zeigte mir die gelbe Karte. Ich würde das Spiel nur zum Vorwand nehmen, nicht zu Opas Feier zu müssen. Auch wenn es stimmte, tut es weh, wenn eine Mutter nur Schlechtes von ihrem einzigen Sohn denkt. Ich sagte ihr, dass sie einen Spieler zu wenig hätten und dass ich die Mannschaft unmöglich im Stich lassen könne. Ob sie ernsthaft wolle, dass man mich als Kameradenschwein abstempele. Die Wochen zuvor hätte ich ja auch keine Skrupel gekannt, hatte Mama trocken erwidert. Aber da hätten sie genügend Mann gehabt, verteidigte ich mich. Darauf sie: Wenn ich solch eine Angst um meinen Ruf hätte, wäre sie an meiner Stelle längst wieder zum Training erschienen. Sie gucke sich das sowieso nicht mehr lange mit an und würde mich aus dem Verein nehmen, wenn ich nicht bald wieder zum Training ginge. Oder ob ich ihr einen vernünftigen Grund nennen könne, weshalb sie das Geld zum Fenster rauswerfen solle. Konnte ich natürlich nicht, und selbst wenn mir ein Grund eingefallen wäre, hätte sie ihn garantiert nicht akzeptiert. So blieb es dabei, ich musste mit zu diesem blöden Geburtstag. Mütter können so unglaublich verständnislos sein!

»Wenn du am selben Tag geheiratet hättest, wärst du auch zu Hause geblieben«, nahm ich Raffael gleich den Wind aus den Segeln. Dass das Ereignis einen Tag später stattgefunden hatte, brauchte er nicht zu wissen. Und dann erzählte ich ihm ausführlich, auf welch grandiose Art und Weise sich mein Leben verändert hatte.

»Alter Schwede!«, sagte Raffael und klopfte mir anerkennend auf die Schulter.

»Ab morgen komme ich wieder zum Training«, sagte ich. Ich hatte es nicht wirklich vor, ich wollte lediglich vermeiden, dass er mir mit irgendwelchen anzüglichen Fragen, die Jenny betrafen, die Laune verdarb.

»O Mann!«, sagte Raffael, »ich hatte schon befürchtet, du stehst unter dem Pantoffel! Ein Mann muss sich durchsetzen, sonst hält ihn die Frau bald für einen Waschlappen, glaub mir das!«

Seine Weisheit machte mich so krank wie der Anblick eines Pickels beim Zähneputzen. Ich war froh, als es zum Unterricht klingelte.

JENNY Ich hatte Einkaufen immer gehasst. Mit Mama zumindest. Julian bekam immer alles hinten reingeschoben, während ich Mama stundenlang beknien musste, wenn sie mir mal einen Schokoriegel oder so kaufen sollte. Zum Glück waren diese Zeiten endgültig vorbei.

Wir schoben den Einkaufswagen vorbei an hässlichen Klamotten, Tierfutter und Backwaren und kamen in die Gemüseabteilung.

Finn stürzte sich gleich auf die Wassermelonen. Sie hatten alle eine sagenhafte Größe. Finn legte eine der kugelrunden Früchte auf die Waage.

»Booah!«, rief er. Die Waage zeigte sieben Kilo an. »Die nehmen wir!«

»Die ist viel zu teuer!«, entgegnete ich, denn ich hatte bereits im Kopf den Endpreis ausgerechnet.

»Zu teuer?«, tönte Finn. »Guck doch mal, was auf dem Preisschild steht! Das nennst du teuer?«

»Das ist doch nur der Kilopreis!«, belehrte ich ihn. »Drück doch mal die Achtzehn, dann wirst du schon sehen, wie teuer die Melone wirklich ist!«

Finn drückte die Achtzehn, entnahm das Etikett, das sich aus dem Spalt der Waage schälte, und betrachtete den Preis. Seine Augen wurden vor Staunen fast so groß wie die Melone.

»Trotzdem!«, sagte er, nachdem er sich von dem Schock erholt hatte. »Dafür reicht sie eine ganze Woche!« Finn klebte das Etikett auf die grüne Schale.

»Und wie willst du sie transportieren?«, hätte ich gern von ihm gewusst.

»Na hinten, auf meinem Gepäckträger!«, antwortete Mister Schlaumeier. Die Erwachsenen hatten angeblich keine Zeit gehabt, uns mit dem Auto zum Supermarkt zu fahren, deshalb mussten wir die Fahrräder nehmen.

»Die ist viel zu groß!«, gab ich zu bedenken.

»Du passt doch auch drauf!«, meinte er.

Das war die Höhe! Nur weil Finn mich ein- oder zweimal auf dem Gepäckträger mitgenommen hatte, mich mit einer Melone zu vergleichen! »Willst du damit sagen, dass mein Po so dick ist wie diese Melone?«, empörte ich mich.

Finn lachte und legte die riesige Kugel zurück zu den anderen Monsterteilen. »Ich hole schon mal Chips und so was!«, sagte er und wollte gleich los.

»Lass uns erst die wichtigen Sachen einkaufen!«, sagte ich.

»Na schön!«, entgegnete Finn.

Plötzlich hatte ich einen wunderbaren Einfall. »Wollen wir heute Abend Pizza essen?«, fragte ich Finn.

»Au ja!«, antwortete er. »Die Pizzen sind da hinten!«

Doch auf Fertigpizza hatte ich keinen Appetit. »Wir können die Pizza doch selber machen«, schlug ich vor. »Eine Gemüsepizza! Mit Paprika, Mais und Zwiebeln und so.«

Finn machte ein Gesicht, als hätte ich vorgeschlagen die Pizza mit Bananenschalen und Apfelkernen zu belegen.

»Ich esse am liebsten Pizza mit Salami!«, meinte er.

Iiih, Salami! Schon allein wenn ich den Namen hörte,

drehte sich mir der Magen um. »Ich mag keine Wurst!«, sagte ich. Zu Hause aßen wir nie Wurst und auch kein Fleisch.

»Du hast noch nie Pizza mit Salami gegessen?«, fragte mich Finn verwundert.

»Wurst ist einfach widerlich!«, wurde ich deutlicher.

»Isst du auch kein Fleisch?«

Ich schüttelte den Kopf. »Nur Fisch ab und zu«, sagte ich.

»Und was tust du aufs Brot?«

»Käse, Tomaten, Marmelade, zwischendurch esse ich Obst, ich mag Karotten und ich esse ganz viel Joghurt.«

»Und davon kann man satt werden?«, erkundigte sich Finn ungläubig.

»Na klar!«, antwortete ich.

Finn kratzte sich am Kopf. »Wir können doch auf die eine Hälfte der Pizza Gemüse tun und auf die andere Hälfte Salami«, schlug er schließlich vor.

»Dann stinkt die ganze Pizza nach deiner Wurst!«, legte ich Widerspruch ein. »Kannst du nicht auf die Salami verzichten? Bitte! Du wirst sehen, die Gemüsepizza wird dir schmecken.« Ich setzte ein Lächeln auf, wie ich es gewöhnlich tat, wenn ich ihm meinen Willen aufdrücken wollte. Jungen sind für ein solches Lächeln sehr empfänglich.

»Von mir aus«, sagte er und ich wollte schon triumphieren. »Aber Salami kaufe ich mir trotzdem! Als Auflage!«

»Wenn du unbedingt dick werden willst!«, entgegnete ich patzig. Es ärgerte mich, dass er auf seiner blöden Wurst beharrte. Ich hatte gehofft, er würde mir zuliebe darauf verzichten, wo er doch jetzt wusste, dass ich mich vor Wurst so ekelte.

Wir kauften alles ein, was wir für die Pizza brauchten, Gemüse, Fertigteig, Tomatenmark und geriebenen Pizzakäse. Außerdem deckte ich mich noch mit etwas Gouda ein, und da Finn kein großer Käsefan war, machte er seine Ankündigung wahr und holte sich zwei Packungen von der Kostet-Fast-Nix-Salami aus der Dauertiefstpreis-Aktion. Ich verzichtete auf weitere Kommentare. Dafür warf ich ihm einen Blick zu, der ihm eigentlich die Vorfreude auf diese grauenhafte Wurst hätte verderben müssen. Es nützte nichts, Finn war so klug und hatte sich erst gar nicht auf einen Blickkontakt eingelassen.

»Ich hole schon mal die Getränke!«, sagte Finn und kam nach einer Weile mit vier Cola-Dosen zurück.

Ich dachte, ich sehe nicht richtig! »Du willst doch wohl keine Dosen kaufen!«, sagte ich entrüstet. »Ich hasse Dosen!«

»Die sind im Sonderangebot!«, versuchte sich Finn zu rechtfertigen.

Was scherte mich das blöde Sonderangebot. »Denkst du gar nicht an die Umwelt?«, hielt ich ihm vor.

FINN Sie sah mich an, als hätte sie mich dabei ertappt, wie ich ein Fass mit Dioxin oder Plutonium heimlich ins Grundwasser kippe. Konnte ich ihr denn gar nichts recht machen?

»Klar denke ich an die Umwelt!«, wehrte ich mich und wies sie darauf hin, dass Dosen umweltfreundlich seien, weil sie sich recyceln ließen.

»Mehrwegflaschen sind zehnmal umweltfreundlicher!«, erwiderte Jenny. »Außerdem ist Fruchtsaft viel gesünder als Cola!«

Wie Mama! Um kein Argument verlegen. Dabei hatte ich nur den gemeinschaftlichen Geldbeutel schonen wollen. O Mann, und ich hatte mich so auf das Einkaufen mit Jenny gefreut! Mit ihr würde es Spaß machen und nicht so stinklangweilig sein wie mit Mama. Endlich würde ich freie Auswahl haben! Kaufen, was das Herz begehrt! Stattdessen tödliche Blicke und Vorhaltungen! Das Leben hätte so schön sein können.

Ich drehte mich wortlos um und brachte die blöden Dosen zurück ins Regal. Ich war sauer. Sollte Jenny doch allein einkaufen! Ich strich ziellos durch die Gänge, hielt mich eine Weile bei den CDs auf und bestaunte zwei Gänge weiter die Fußbälle, ganz besonders den Original-WM-Ball. Den Ball wollte ich schon immer haben. Aber Mama sah nicht ein so viel Geld dafür auszugeben. Wenn ich unbedingt einen WM-Ball haben wollte, müsste ich eben dafür sparen. Ich hatte auch schon damit angefangen und vielleicht ein Zehntel der Summe gespart. Nicht gerade ermutigend. Wenn das in diesem Tempo weiterging, würde ich bis zum Jahre 2030 brauchen, bis ich die Kohle zusammenhatte. Ich konnte schließlich nicht mein ganzes Taschengeld ins Sparschwein tun, schließlich will sich der Mensch auch ein wenig vergnügen.

Ich nahm den WM-Ball in die Hand. Es war der Ball, mit dem auch die Nationalmannschaft kickte. O Mann, Nationalspieler müsste man sein... *Finn Meyer erkämpft sich den Ball, spielt die halbe brasilianische Abwehr aus! Er könnte schießen! Er könnte schießen!... Ah, was für ein Foul! Elfmeter! Ganz klar! Drei Minuten vor Schluss! Die Brasilianer protestieren erst gar nicht! Meyer steht wieder auf! Ein Glück! Wer schießt den Elfer? Das ist jetzt die Frage! Wer nimmt sein Herz in die Hand und bringt es zum Elfmeterpunkt? Wer macht Deutschland zum Weltmeister?... Finn Meyer, der Gefoulte, nimmt sich den Ball! Hat dieser junge Mann Mut! Versiebt er den Ball, wird man wieder sagen, der Gefoulte sollte den Strafstoß niemals selber schießen. Versenkt er den Ball ins Netz, ist er der Held dieser WM! Jetzt möchte ich wahrlich nicht in der Haut von Meyer stecken... Meyer läuft an und ... Tor! Tor! Tor!...*

»Da bist du ja!«, vernahm ich auf einmal die Stimme von Jenny neben mir. »Ich habe dich überall gesucht!«

Ich fand es an der Zeit, wieder das Training aufzunehmen, vielleicht konnte ich den Jungs helfen noch Kreismeister zu werden. Plötzlich bedauerte ich es, dass ich mich in letzter Zeit so rar gemacht hatte.

»Guck mal!«, sagte Jenny und zeigte mir die neueste *POP*. Auf dem Cover war Richie B. Cool abgebildet, mit dem Hinweis, dass im Inneren ein neues Poster von ihm sei. Ich hatte nichts gegen Richie, sein Sound war nicht übel und seine Stimme ganz passabel. Aber irgendwie war er mir eine Spur zu affig. Ich meine, wer so aussah, so … braun und nirgends ein Pickel im Gesicht, der konnte nur geschminkt sein.

»Wir müssen nachher unbedingt *Viva* gucken!«, sagte Jenny ganz aufgeregt. »Da kommt ein Richie-Special!«

Mir fiel ein, dass mich Jenny eigentlich noch nie so richtig Fußball spielen gesehen hatte. Weder im Training noch bei einem offiziellen Match. Sie liebte mich, keine Frage, sonst wäre sie nicht mit mir zusammengezogen, aber liebte sie den Fußballer Finn, wie sie für den Sänger Richie schwärmte? Ich legte den Ball zurück und ahnte, dass ich genau das würde herausfinden müssen, ob es mir schmeckte oder nicht.

Licht und Schatten

JENNY Da wir bloß eine Einkaufstasche dabeihatten, mussten wir uns notgedrungen mit Plastiktüten aushelfen. Ich hasse Plastiktüten. Und dann baumelten sie auch noch wie bescheuert am Lenker, dass ich Angst hatte, das Gleichgewicht zu verlieren. Ich war froh, als wir endlich zu Hause waren. Fast die Hälfte des Haushaltsgeldes hatten wir für den Einkauf ausgegeben. Für einen einzigen Einkauf! Dabei lag die ganze Woche noch vor uns! Wir würden kräftig sparen müssen, wollten wir über die Runden kommen.

Wir waren beide so geschafft, dass wir das Auspacken der Tüten erst einmal verschoben. Natürlich konnte ich es kaum erwarten, mir das neue Richie-Poster anzusehen. Ich legte eine Richie-CD auf, *Never stop that love,* meine Lieblings-CD, und machte es mir auf dem Sofa gemütlich.

Finn öffnete einen Fruchtsaft und trank aus der Flasche. Ich hätte es gar nicht bemerkt, wenn er nach dem Absetzen nicht so fürchterlich gerülpst hätte.

»Finn, du Schwein!«, rief ich angewidert.

»Sorry!«, sagte er und lachte. »War nur ein Bäuerchen.«

»Ich hasse es, wenn jemand so rülpst!«, sagte ich. »Und man trinkt nicht aus der Flasche! Andere wollen vielleicht auch noch etwas davon haben!«

Finn blickte sich um. »Andere?«, fragte er und stellte sich dumm.

»Ich zum Beispiel! Oder wenn wir Besuch bekommen!«

»Besuch? Besucher müssen selbst was zu trinken mitbringen! Oder sie dürfen nicht rein!«

Ich entfernte das Richie-Poster aus dem Heft und faltete es auseinander. Es war ein wahnsinnig süßes Poster von ihm. Ich kriegte wieder eine richtige Gänsehaut. Das kurze, wasserstoffblond gefärbte Haar, die schwarzen Augenbrauen, der auffallend glatte Teint und das Hemd weit offen, dass man ansatzweise seine sexy Brust erkennen konnte. Es war ein irres Poster, aber nicht so aufregend wie jenes, das noch in meinem ehemaligen Zimmer hing. Ich zeigte das Poster Finn, der mit einer Tüte Chips in dem Sessel hockte, ein Bein lässig über die Lehne baumelnd.

Finn tat so, als müsse er sich übergeben.

»Du bist doof!«, sagte ich.

»Nein, hungrig!«, entgegnete er. »Wann gibt's die Pizza?«

Finn half mir dabei. Beim Schneiden der Zwiebeln mussten wir beide heulen und Finn machte darüber Witze. Ich musste viel lachen. Es war so schön mit ihm und mit der Musik von Richie, die auf vollen Touren lief. Ich war überglücklich. Was führten Finn und ich doch für eine wunderbare, harmonische Beziehung! Ich konnte mir gar nicht mehr vorstellen ohne ihn zu leben.

Ich schob die Pizza in den Backofen und hatte Lust, mit Finn zu tanzen. Finn weigerte sich, so sehr ich ihn auch darum bat und an den Armen zog. Finn riss sich immer wieder los. Typisch. Alle Jungen haben Angst vorm Tanzen. Wahrscheinlich glauben sie, es wäre nicht männlich. Aber wenn es darum geht, wie man sich am schnellsten den Hals brechen kann, sind sie merkwürdigerweise sofort dabei.

Finns Weigerung tat meiner Laune keinen Abbruch. Ich tanzte allein und bald fühlte ich mich wie eine Feder, mit der der Wind sein Spiel treibt und die durch die Luft gewirbelt wird, über Wiesen und Felder, Berge und Täler, weiter und immer weiter...

Hätte mich Finn nicht an die Pizza erinnert, wäre sie vermutlich schwarz geworden. Ich nahm sie aus dem Backofen und teilte sie gerecht in zwei Hälften. Nachdem sie etwas abgekühlt war, biss ich vorsichtig ein Stück ab. Mmmhh! So eine vegetarische Pizza war immer wieder etwas Feines. Ich blickte Finn voller Erwartung an. Finn kaute kommentarlos vor sich hin.

»Und?«

»Gut!«, antwortete Finn.

»Siehst du!«, sagte ich. Ich war richtig froh. »Und du hast gedacht, eine vegetarische Pizza schmeckt nicht! Ich finde, ich habe eine Belohnung verdient.«

Finn stand auf der Leitung.

»Du könntest mir zum Beispiel einen Kuss geben!«

Finn legte die Pizza auf den Teller, wischte sich mit dem Handrücken das Fett von den Lippen – wie lieb von ihm! – und wollte sich zu mir rüberbeugen.

Plötzlich fiel mir das Richie-Special ein. »Schnell, Richie ist jetzt im Fernsehen!«, rief ich entsetzt und noch bevor mir Finn den Kuss geben konnte, sprang ich auf, schaltete den Fernseher ein und suchte verzweifelt mit der Fernbedienung *Viva*. Ich drückte ein Programm nach dem anderen und wurde richtig sauer.

»Finn!«, rief ich vor lauter Panik, Richie zu verpassen. Da sah ich ihn. Endlich! Sie zeigten gerade seinen neuesten Videoclip, *If you're lonely*. Ich liebte diesen Clip! Jetzt erst merkte ich, dass die CD noch lief. Ich rannte zur Anlage und schaltete sie ab. Als ich mich wieder setzte, ruderte Richie mit dem Mädchen, das so traurig gewesen war, weil es niemand beachtet hatte, über einen traumhaft schönen See und der Clip war zu Ende. Schade!

FINN Und dann brachten sie das Interview. Nichts deutete darauf hin, dass ich schon in wenigen Minuten die Fassung verlieren würde. Obwohl ich zugeben muss, dass ich schon vor dem Interview nervlich leicht angeschlagen war. Zuerst dieses affige Poster von Richie, dann Jennys vegetarische Pizza, die so aufregend schmeckte wie ein ausgelatschter Turnschuh. (Ich weiß, ich hatte behauptet, sie würde mir schmecken. Aber Jenny hatte mich so erwartungsvoll angeschaut, dass ich es nicht übers Herz brachte, ihr die Wahrheit zu sagen. Ich wäre mir riesig gemein vorgekommen. Vielleicht ist so eine Rücksichtnahme auch völlig falsch, ich meine, im Grunde genommen schadet man sich doch nur selber und muss Sachen essen, die würden andere in die Mülltonne treten, mit dem Ergebnis, dass man das Zeug sein Leben lang serviert bekommt.) Und als hätte ich nicht schon genug gelitten, musste ich mir noch einen Richie-Song nach dem anderen anhören. Da soll einer sagen, Männer wären nicht tolerant.

JENNY Süß sah Richie wieder aus. Er saß locker auf einem Sessel und die Baseballkappe, die er trug, hatte er verkehrt herum auf. Während er die Fragen des Interviewers beantwortete, übersetzte ein Sprecher das Ganze simultan auf Deutsch.

»Du trittst regelmäßig mit kurzen Hosen auf und Sweat-Shirts, die deinen Bauch zeigen, und lässt dich von den Mädchen streicheln. Turnt dich das an?«

»Ich bin ein Sänger zum Anfassen. Ich finde es erotisch, wenn mich die Mädchen an den Beinen streicheln.«

»Was sagt deine Freundin dazu?«

»Ich bin zur Zeit solo und auch gar nicht wild auf eine feste Beziehung. Ich habe es zweimal versucht, aber ich kann irgendwie nicht treu sein. Vielleicht liegt es daran, dass ich noch nicht die Richtige gefunden habe.«

Armer Richie. In diesem Augenblick wünschte ich mir, ich wäre ein paar Zentimeter größer, hätte ein bisschen mehr Busen und plötzlich würden Richie und ich einander begegnen…

Richie erzählte noch ganz viel von sich. Dass seine Traumfrau gut aussehen und finanziell von ihm unabhängig sein müsse. Vor allem sollte sie einen Schulabschluss haben. Den hatte Richie nicht. Er war nämlich mit fünfzehn von der Schule geflogen, weil er zu viel Mist gemacht hatte. Inzwischen sei ihm klar geworden, was für ein Idiot er gewesen war. Obwohl er genug Geld verdiente, kam er sich ohne Schulabschluss irgendwie minderwertig vor. Daher hatte er beschlossen den Abschluss nachzuholen. Noch ein Test und er hatte das Diplom in der Tasche. Sein Vater, der ihn vielleicht hätte zwingen können, dass er etwas mehr für die Schule tat, war gestorben, als Richie fünf war. Seine Mutter hatte mit Richie immer nur Probleme gehabt. Genau wie mit seiner Schwester, die drei Jahre älter war, damals Drogenprobleme hatte und beinahe an einer Überdosis Heroin gestorben wäre. Jetzt war sie clean und arbeitete in der Drogenberatung. Richie selbst war absolut gegen Drogen und hielt sich lieber in seinem Bodybuildingstudio fit, denn Fitness, so meinte er, sei im Showgeschäft unheimlich wichtig.

FINN Bis hierhin war es recht interessant gewesen, was Richie so von sich gegeben hatte. Noch war alles in Ordnung. Leider musste ich weder aufs Klo noch hatte ich sonst wie den Drang, den Raum zu verlassen. Hätte ich es getan, wäre Richie womöglich in meinen Augen ein ganz cooler Typ geblieben und nicht zu dem Arsch geworden, für den ich ihn seit den nun folgenden Äußerungen halte.

»Stimmt es, dass du dir regelmäßig die Spiele der US-Fußballnationalmannschaft ansiehst?«

Richie lachte und schlug sich dabei aufs Knie. »Wo habt ihr das denn her?«

»Es gibt immerhin ein Plakat von dir und dem Mittelstürmer der US-Nationalmannschaft, mit dem ihr für den US-Fußball werbt.«

»Das war mehr ein Gag. Der Präsident des US-Fußballnationalverbandes ist mit Mike Philip, dem Direktor meiner Schallplattenfirma, befreundet und Mike hat mich eines Tages gefragt, ob ich nicht mal Lust hätte, ein bisschen für den US-Fußball zu werben, damit sich auch die Kids dafür interessieren. Ich habe dann spontan zugesagt und so ist das Plakat entstanden. Doch in Wahrheit habe ich mit Fußball nichts am Hut ...«

Achtung, jetzt kommt's!

»... Ist ein langweiliger Sport. Wer Fußball spielt, hat Angst vor blauen Flecken.«

Ich dachte, ich höre nicht richtig. Mir blieb fast die Luft weg. Ich guckte Jenny an, weil ich hoffte, in der Erwiderung ihres Blickes eine Art Bestätigung zu erhalten, dass Richie großen Mist redete. Aber Jenny starrte auf den Bildschirm, als würde er eine neue, den Weltfrieden bringende Lehre verkünden.

»Wenn du Pech hast, fällt in der ganzen Zeit kein Tor und das Spiel endet null zu null. Wie langweilig! Stell dir mal vor, ein Basketballspiel würde null zu null enden.

Oder eins zu null. Denen würden doch die Zuschauer wegbleiben.«

O Mann, ich hatte selten so einen Schwachsinn gehört. Zum Glück wurde das Interview durch einen Werbeblock unterbrochen. Ich hätte Richies Anblick keine Sekunde länger ertragen.

»Von wegen keine blauen Flecken!«, ereiferte ich mich. Ich stand auf und zog das rechte Hosenbein hoch. »Hier!« Ich zeigte Jenny die Narbe auf meiner Wade. »Die stammt von der Blutgrätsche eines Verteidigers! Ich kann froh sein, dass er mir nicht das Wadenbein gebrochen hat und ich nicht zum Frühinvaliden geworden bin. Drei Wochen konnte ich deswegen nicht spielen! Keine blauen Flecken! Fußball ist eine der härtesten Sportarten! Guck dir doch mal die Verletztenliste der Bundesligavereine an. Bei Bayern sind acht Spieler verletzt! Bei Dortmund sechs! Alles Stammspieler! Ich wette mit dir, dass der Blödmann nicht mal die Fußballregeln kennt!«

»Richie ist kein Blödmann!«, entgegnete Jenny.

Ja, toll, verteidige ihn noch!

»Erst macht er Werbung für Fußball, dann macht er sich darüber lustig!«, sagte ich sauer. »Der sollte lieber das Geld zurückgeben, das er für die Werbung kassiert hat!«

»Vielleicht hat er es ja umsonst getan!«, meinte Jenny.

»Ha, ha, ha!«, sagte ich. Es machte mich fast rasend, dass sie so hartnäckig zu dem Spinner hielt. Ich hatte jedenfalls genug von Richies Gequassel. Ich nahm die Fernbedienung und guckte, was es auf den anderen Kanälen so gab.

»Ich will das Interview mit Richie zu Ende sehen!«, protestierte Jenny.

»Da zeigen sie jetzt sowieso nur Werbung!«, entgegnete ich gereizt.

»Trotzdem!«, beharrte Jenny. »Nachher schaltest du zu spät um!«

»Hier!« Ich warf die Fernbedienung so auf den Tisch, dass es mich nicht gewundert hätte, wenn das Ding seinen Geist aufgegeben hätte, und verzog mich nach draußen.

Wie konnte Jenny mir das antun? Wie konnte sie dem Blödmann jetzt noch weiter zuhören? Wo er sich über den Fußball so lustig gemacht hat und wo sie doch wissen müsste, dass mein Herz für den Fußball schlägt! Merkte sie nicht, dass Richie mich beleidigt hatte? Mich ganz persönlich! Ich war zutiefst verletzt! Und Jenny störte das kein bisschen!

Ich nahm ein paar Steine und warf sie ziellos durch die Gegend. Mir fiel ein, dass ich meinen Gameboy bei Mama hatte liegen lassen. Ich ging hinüber und schloss die Haustür auf. Mama saß im Wohnzimmer und sah sich einen Film an.

»Weißt du, wo mein Gameboy ist?«, fragte ich sie.

Mama kriegte fast einen Herzschlag. »Bist du wahnsinnig mich so zu erschrecken!«

»Entschuldige!«, sagte ich. »Woher kann ich wissen, dass du so ein schwaches Herz hast?«

»Das nächste Mal machst du dich ein bisschen früher bemerkbar!«, sagte sie.

»Hast du meinen Gameboy irgendwo gesehen?«

Hatte sie nicht. Ich begann zu suchen. Ich fand ihn schließlich in der Küche. Ich blieb noch eine Weile unentschlossen in der Wohnzimmertür stehen und starrte auf den Bildschirm, wo sich gerade ein Mann und eine Frau leidenschaftlich küssten. Mir wurde leicht übel. Küssen war das Letzte, was ich jetzt sehen wollte.

»Wie geht's euch beiden?«, fragte mich Mama.

»Gut!«, antwortete ich und merkte, dass es ein Fehler war, nicht gleich wieder gegangen zu sein. Ich hätte überhaupt nicht herkommen sollen. Nachher glaubte sie noch, zwischen Jenny und mir gäbe es irgendwelche Spannungen. Gab es auch, zumindest aus meiner Sicht, aber das musste ich ja Mama nicht unbedingt auf die Nase binden.

»Was macht ihr gerade?«, fragte sie mich.

»Jenny und ich haben eine vegetarische Pizza gemacht«, antwortete ich übertrieben stolz.

»Ich wusste gar nicht, dass du so etwas kannst«, sagte Mama auf eine Weise, die bei genauerer Analyse durchaus als spöttisch hätte bezeichnet werden können.

»Tja«, sagte ich, »Mütter neigen nun mal dazu, die Fähigkeiten ihrer Söhne zu unterschätzen.«

»Vielleicht liegt es ganz einfach daran, dass die Söhne so selten Lust verspüren, ihre Fähigkeiten unter Beweis zu stellen!«, entgegnete Mama.

Zack! Das saß mal wieder. Ich würde wohl doch einen *Wie-übertrumpfe-ich-meine-Mutter?*-Kurs der Volkshochschule besuchen müssen, wollte ich ihrer Schlagfertigkeit jemals gewachsen sein.

Eine Verfolgungsfahrt auf dem Bildschirm beanspruchte meine ganze Aufmerksamkeit. Das Liebespaar, das sich eben so innig geküsst hatte, war vor zwei Killern auf der Flucht.

»Ist noch was?«, fragte mich Mama.

Klang nicht gerade wie eine Einladung. Vielleicht erwartete sie ja, dass ich losheulte. *Hilf mir, Mama, ich weiß nicht mehr weiter! Jenny liebt mich nicht mehr! Wir werden uns scheiden lassen!* Darauf konnte sie lange warten! »Nein!«, antwortete ich und ging zurück.

Ich ging aber nicht ins Haus, sondern verbrachte die Zeit mit meinem Gameboy auf der Terrasse und manövrierte mich durch *Magic Power*: Professor Stirling, ein friedliebendes Technikgenie, war von der Konkurrenz entführt worden. Die Entführer wollen Pläne einer wichtigen Erfindung aus ihm herauspressen. Venus, ein weiblicher Roboter und Sterlings rechte Hand, macht sich auf die Suche nach ihrem Schöpfer. Da sie über keine Waffen verfügt, versucht Venus die Entführer mit List und Geschicklichkeit zu schlagen. Doch an diesem Abend war es mit ihrer Geschicklichkeit nicht weit her. Ich war zu unkonzentriert. Und zu unmotiviert. Außerdem war es kühl geworden. Egal. Ich wäre lieber erfroren statt hineinzugehen. Die Fehler häuften sich und ich verlor allmählich die Beherrschung. Schließlich trat ich vor Wut gegen einen Stuhl, der krachend umkippte.

Jenny schien erst jetzt bemerkt zu haben, dass ich auf der Terrasse saß. Sie kam heraus. »Komm doch rein«, sagte sie. »Es ist so kalt.«

»Ist doch nicht kalt!«, tönte ich, obwohl mir die Zähne klapperten, und ging hinein.

Wir sahen noch eine Weile fern. Jenny kuschelte sich an mich. Ich saß da, steif wie ein Brett und hätte sie am liebsten abgeschüttelt wie eine lästige Fliege. Nach dem Film legte sich Jenny zum Schlafen. Ich blieb sitzen.

»Kommst du?«, rief sie.

Ich schaltete widerstrebend den Fernseher aus und wenig später lag ich bei gelöschtem Licht neben Jenny, den Rücken ihr zugewandt.

»Bist du mir böse?«, fragte mich Jenny.

Ich überlegte, ob ich ihr die Wahrheit sagen sollte. Dass ich sauer war wegen Richie, dass ich enttäuscht war, nein, dass ich verletzt war, weil sie sein dummes Gerede über Fußball so widerspruchslos hingenommen hatte, dass sie vor dem Fernseher hocken geblieben war, dass sie zu mir hätte stehen müssen und dass ich an ihrer Stelle sein Poster in tausend Stücke zerrissen hätte, nur um ihr zu zeigen, dass sie mir mehr bedeutete als so ein Blödstar.

»Nein!«, antwortete ich trotz aller Überlegungen.

»Wirklich nicht?«

Es wäre die letzte Chance gewesen, ihr einen kleinen Einblick in mein Innerstes zu gewähren.

»Nein!«, antwortete ich und war traurig, dass sie nicht von allein dahinter kam, wie es in mir aussah.

»Gute Nacht«, sagte sie und gab mir einen Kuss auf die Wange, als wäre nichts geschehen.

Ich lag wach und grübelte darüber nach, ob es richtig war, dass ich den Mund gehalten hatte, oder ob es nicht grundsätzlich besser ist, über seine Gefühle zu reden, wenn man schon einmal danach gefragt wird. Aber wer kann schon über seine Gefühle reden, wenn er es vorher nicht geübt hat? Das ist wie Inline-Skating. Du stellst dich ja auch nicht einfach hin und kannst es. Über diese und ähnliche Gedanken muss ich letztlich in den befreienden Schlaf gefallen sein.

JENNY Im Gegensatz zu Finn hasse ich es, im Chaos zu leben, und deshalb hatte ich ihn dazu überredet, mit mir am Nachmittag die Wohnung aufzuräumen. Auf der Spüle türmte sich das schmutzige Geschirr, die Töpfe mussten abgewaschen werden und der Herd konnte jede Menge Scheuermittel gebrauchen. Wir wollten damit anfangen, sobald ich von der Schule zurück war. Das war meist so gegen halb vier. Ich hatte jeden Tag bis drei Uhr Unterricht, nur freitags hatten wir schon um ein Uhr Schluss. Ich war etwas kaputt und sah der Arbeit nicht unbedingt mit Freude entgegen, doch zusammen mit Finn, sagte ich mir, würde alles viel leichter von der Hand gehen, erst recht mit einer CD von Richie.

Ich kam also nach Hause, und wer war nicht da? Finn! Zuerst dachte ich mir nichts dabei. Ich ging davon aus, dass er kurz bei Silke war und jeden Augenblick auftauchen müsse. Ich wartete bis vier. Finn ließ sich nicht blicken. Ich fand das merkwürdig, er war doch sonst so zuverlässig. Ich ging rüber zu Silke. Sie hatte Finn nicht gesehen.

Mir war das etwas peinlich. Wenn die Ehefrau nicht weiß, wo der Ehemann steckt, wirft das nicht unbedingt ein positives Licht auf die Beziehung.

»Dann ist er bestimmt bei Mama!«, sagte ich, in der Hoffnung, ich könnte auf diese Weise meine Unsicherheit überspielen. Vielleicht hielt er sich wirklich dort auf oder er hatte eine Nachricht für mich hinterlassen.

Weder das eine noch das andere war der Fall.

»Hast du schon bei Silke nachgesehen?«, meinte Mama.

»Nein!«, log ich. Die Situation war mir schon unangenehm genug.

Julian, der wie immer Sturm klingelte, wenn er reinwollte statt die Terrassentür zu benutzen, die Mama extra wegen ihm offen ließ, wusste mehr. »Finn ist mit Raffael zum Fußballtraining!«, sagte er.

»Quatsch!«, sagte ich. Bestimmt wollte mich Julian wieder anschwindeln.

»Doch!«, sagte Julian. »Raffael hat ihn mit dem Fahrrad abgeholt! Sie hatten ihre Trainingsanzüge an! Bäh!«

Allein für das Bäh hätte ich Julian eine scheuern können. Aber mehr noch, weil er mich vor Mama so bloßgestellt hatte.

»Ach, stimmt ja!«, tat ich, als wäre es mir gerade wieder eingefallen. »Raffael wollte Finn heute früher abholen!« Dabei hatte mir Finn kein einziges Wort davon erzählt, auch dass er zum Training wollte, war mir neu. Wenigstens eine Nachricht hätte er mir hinterlassen können. So lief ich wie eine Ahnungslose durch die Gegend und machte mich lächerlich. Ich war wütend und hatte große Mühe, es Mama nicht merken zu lassen.

Ich fand es gemein, dass Finn mich so im Stich gelassen hatte. Und das wegen seinem blöden Fußball! Ich hasse Fußball! Na ja, hassen ist vielleicht ein bisschen übertrieben, ich machte mir nur nicht viel aus dem Gekicke und ich hatte gehofft, Finn wäre davon geheilt, zumal er in letzter Zeit nicht mehr im Training war. Wenn er Basketball gespielt hätte oder Volleyball, das wäre etwas anderes gewesen, dann hätte ich es niemals zugelassen, dass er auch nur einmal das Training versäumt. Aber Fußball! Fußball spielt doch jeder!

Ich schob meine Lieblings-CD von Richie ein und betrachtete mir das Chaos. Wenn Finn geglaubt hatte, ich würde die Arbeit ganz allein erledigen, hatte er sich geschnitten. Ich setzte mich hin und blätterte in der *POP*, konnte mich aber nicht konzentrieren. Ich war zu enttäuscht und zu wütend. Die Wut auf Finn entwickelte sich allmählich zur unkontrollierbaren Energie. Wenn ich nicht bald etwas tat, würde ich noch durchdrehen. Ich stellte Richie lauter und machte mich an die Arbeit. Wäre Finn jetzt zur Tür hereingekommen, hätte ich ihm ohne zu zögern einen schmutzigen Teller an den Kopf geworfen.

Nach zwei Stunden sah die Wohnung wieder picobello aus. Sogar gesaugt hatte ich. Zufrieden betrachtete ich mein Werk. So sauber dürfte die Wohnung noch nie gewesen sein. Ich hatte plötzlich Hunger, steckte zwei

Scheiben Toast in den Toaster, bestrich die eine Scheibe dick mit Schokoaufstrich, belegte die andere mit Gouda, klappte beides zusammen und sah fern. Schokoaufstrich mit Gouda war Balsam für meine Seele. Ich aß es immer dann, wenn die Dinge nicht so liefen, wie ich es mir in den Kopf gesetzt hatte. Die Wut auf Finn hatte zwar etwas nachgelassen, aber ich war nach wie vor enttäuscht.

Gegen halb acht trudelte Finn endlich ein. Meine Enttäuschung verwandelte sich schlagartig zurück in überschäumende Wut und ich musste höllisch aufpassen, dass ich Finn nicht an die Kehle sprang.

»Mann, hab ich einen Hunger!«, sagte Finn an der Tür. »Was gibt's zu essen?«

Als wäre das hier ein Restaurant! Ich ignorierte ihn, was mir schon schwer genug fiel.

Finn nahm den Multivitaminsaft und trank aus der Flasche.

Widerlich! »Ich habe dir schon tausendmal gesagt, dass du nicht aus der Flasche trinken sollst!«, herrschte ich ihn an.

»Sorry!«, sagte Finn und füllte sich den Saft in ein Glas.

Unglaublich, er schien noch gar nicht bemerkt zu haben, wie sauber die Wohnung war und dass ich das ganze blöde Geschirr abgewaschen hatte.

Wenig später setzte er sich mit zwei Scheiben Schwarzbrot, die er dick mit Salami belegt hatte, neben mich. Ausgerechnet mit dieser ekeligen Salami, die fast nur aus Fett bestand. Ich hätte mich übergeben können.

»Danke, dass du mich gefragt hast, ob ich auch was essen möchte!«, sagte ich.

»Du kannst eine Scheibe von mir abhaben«, sagte Finn und hielt mir sein stinkendes Salamibrot unter die Nase.

»Ich bin schon satt!«, sagte ich angewidert.

Dann hatte Finn nur noch Augen für den Fernseher. Er konnte froh sein, dass ich nicht über magische Kräfte verfügte, sonst hätte ich ihn auf der Stelle in einen Wurm verwandelt. Oder in einen Mistkäfer.

»Ist dir eigentlich nichts aufgefallen?«, giftete ich ihn an.

»Aufgefallen?«, wiederholte Finn ohne aufzublicken. »Was denn?«

Das war zu viel! Ich sprang auf und stampfte mit dem Fuß auf den Boden. »Zufällig wollten wir heute Nachmittag gemeinsam die Wohnung sauber machen!«, schrie ich. »Ich habe auf dich gewartet. Aber du warst nicht da! Ich habe alles allein gemacht! Das Geschirr abgewaschen, gesaugt und gewischt! Und du merkst es nicht mal!«

Ich rannte ins Schlafzimmer, knallte die Tür zu, warf mich aufs Bett und fing an zu heulen.

FINN Das Leben schlägt manchmal erbarmungslos zu! Ein Herzschlag vorher ist die Stimmung wie in der Karibik und wumm!, bricht die Katastrophe über dich herein. Ich blickte mich schuldbewusst um. Die Wohnung blitzte wie bei Frau Saubermann in der Werbung.

Mist, dass wir putzen wollten, hatte ich glatt vergessen! Ehrlich. Ich fühlte mich mies und legte das angebissene Brot auf den Teller. Der Appetit war mir vorerst vergangen. Das war auch nicht weiter verwunderlich, denn was gibt es für einen Menschen Schlimmeres als die plötzliche, unerwartete Wandlung vom geliebten Partner zum absolut miesen Schwein? Es war eine völlig ungewohnte Rolle, in der ich mit einem Male steckte, zumindest was die Beziehung zu Jenny betraf. Bei Mama bin ich schon oft das Schwein gewesen und irgendwann wächst einem ein dickes Fell, aber bei Jenny war mir das extrem unangenehm, quasi oberpeinlich, so oberpeinlich wie ein dicker, fetter Popel, der aus der Nase guckt.

Jenny riss die Schlafzimmertür auf. »Und außerdem hast du mir nicht gesagt, dass du zum Training gehst!«, schrie sie und knallte die Tür wieder zu.

Sie hatte verheulte Augen gehabt. O Mann! Ich bekam ein schlechtes Gewissen.

»Hab ich wohl!«, rief ich.

»Hast du nicht!«, schrie Jenny im Schlafzimmer.

»Doch!«

»Nein!«

Na schön, ich hatte es ihr nicht gesagt. Meine Schuld! Ich wollte sie vor vollendete Tatsachen stellen. Ich war noch immer sauer wegen des Richie-Interviews gewesen und hatte nicht die geringste Lust gehabt, mit ihr über Fußball zu reden, nicht einmal, dass ich zum Training wollte. Blöd von mir, ich weiß. So elend hatte ich mich schon lange nicht mehr gefühlt. Und das nach dem tollen Training. Im Sprint war ich nicht schlecht – trotz

Konditionsrückstand, im Slalom war ich sowieso einer der Sichersten, und als wir Kopfbälle übten, lobte mich Reinhold, unser Trainer. Beim Spiel fünf gegen fünf hatte ich erstklassige Pässe geschlagen, einen Elfer herausgeholt und war dribblingstark wie zu meinen besten Zeiten. Nach dem Training hatte mich Reinhold gefragt, ob er Samstag auf mich zählen könne. Samstag hatten wir das nächste Punktespiel. »Klar!«, hatte ich ihm geantwortet. Das war doch Ehrensache.

Ich begriff, dass mir meine guten Leistungen im Training in diesem Augenblick herzlich wenig nützten. Mir war richtig schlecht. Ich ging zur Schlafzimmertür und steckte meinen Kopf durch den Spalt. Ich sah noch, wie Jenny sich auf den Bauch warf, den Kopf in das Kissen gedrückt.

»Ich wollte dir nur rechtzeitig sagen, dass ich am Samstag ein Punktespiel habe«, startete ich zaghaft einen Versöhnungsversuch und kam mir dabei äußerst rücksichtsvoll vor.

»Dein blöder Fußball ist dir wichtiger als ich!«, schluchzte Jenny.

»Das ist gar nicht wahr!«, verteidigte ich mich. Hatte sie vergessen, dass ich wochenlang nicht zum Training und zu den Spielen gegangen war? Ich machte erstmals die Erfahrung, dass verletzte Frauen offenbar zu Übertreibungen neigen.

»Doch!«, schluchzte Jenny. »Sonst hättest du nicht vergessen, dass wir die Wohnung sauber machen wollten!«

»Tut mir leid, ich hab's vergessen! Ehrlich! Ich wollte mich nicht davor drücken!« Es war die reine Wahrheit.

»Wenn ich daran gedacht hätte, wäre ich niemals zum Training gegangen!«

»Du lügst!«

Begeistert wäre ich natürlich nicht gewesen, klar. Vielleicht hätte ich das Training auch gar nicht abblasen müssen, wenn wir rechtzeitig begonnen hätten. Ich schätze mal, in einer Stunde oder so wären wir garantiert fertig gewesen, dann hätte ich mich immer noch auf mein Mountainbike schwingen können ohne mich zum Training zu verspäten.

»Früher hast du nie etwas vergessen!«, warf Jenny mir vor.

Früher! Früher hast du mich auch nicht stundenlang mit deinem blöden Richie terrorisiert!

»Entschuldige!«, sagte ich zerknirscht. Ich war verzweifelt, verzweifelt, weil ich absolut keinen Rat wusste, wie man es schafft, das hässliche Image des miesen Schweines abzulegen, um wieder der geliebte Partner zu sein. Es ist schon ärgerlich, wenn die wirklich wichtigen Dinge zwischen Mann und Frau nicht einmal in der Schule durchgenommen werden – unsereins hätte sich ja vielleicht darauf besinnen können.

Ich ging zu Jenny und setzte mich auf die Bettkante. Sofort drehte sie den Kopf beiseite und rückte ein Stück von mir weg, als hätte ich die Krätze. Wenn das ein Spiel sein sollte, war ich gern bereit mitzuspielen, auch wenn ich die Regeln nicht kannte.

Ich piekte Jenny in die Seite. Sie zuckte zusammen.

»Lass mich in Ruhe!«, sagte sie.

Aha!, sagte ich mir, vermutlich hieß die Spielregel jetzt

Du darfst dich auf keinen Fall einschüchtern lassen! Kein Problem! Ich fing an sie zu kitzeln.

»Du sollst mich in Ruhe lassen!«

Ich wertete dies als Aufforderung, unbedingt weiterzumachen. Ganz im Sinne der mir unbekannten Spielregeln. Und ich machte weiter.

»Hör auf!«, schrie Jenny und schlug nach mir.

Das Spiel gefiel mir. Ich lachte, warf mich auf Jenny und kitzelte sie gnadenlos durch.

Jenny wehrte sich aus Leibeskräften. Sie schrie und schlug nach mir. Es war ein cooles Spiel. Dann begann Jenny nach mir zu treten und plötzlich lag ich auf dem Boden. Lachend rappelte ich mich auf.

»Ich hasse dich!«, schrie Jenny und prügelte regelrecht auf mich ein. »Ich hasse dich!« Ich hielt mir die Hände schützend vor das Gesicht. Sie hätte mir eiskalt das Nasenbein gebrochen. Ich lachte munter weiter. Ich dachte, es gehört zum Spiel, obwohl es längst kein Spiel mehr war, eine äußerst brisante Information, die leider aufgrund eines Datenübermittlungsstaus nicht rechtzeitig in mein Bewusstsein vorgedrungen war.

Trotz der Deckung konnte ich sehen, wie Jenny die Tränen hinunterliefen, als sie von mir abrupt abließ und aus dem Schlafzimmer stürmte und die Tür zuknallte. Im Türeknallen war sie einsame Spitze.

Jenny saß auf der Couch und stierte grimmig auf den Bildschirm. Sie weinte nicht mehr, aber die Tränen hatten in ihrem Gesicht schmale Furchen hinterlassen. Sie war wütend – das hatte ich jetzt begriffen – und schniefte. O Mann, ich musste mir etwas einfallen lassen, sollte es mir noch in diesem Leben gelingen, sie zu besänftigen. Am besten, ich erregte ihr Mitleid. Das hilft bei Frauen immer. Ich rieb mir den Oberarm, dabei stöhnte ich, als hätte sie mich schwer verletzt. Ich fand mich gut, Jenny dagegen sah in meinem Auftritt nichts als Schmierentheater. Sie stapfte wütend zum Schlafzimmer und schlug zum hunderttausendsten Mal die Tür zu. Wenn sie so weitermachte, kam sie noch ins *Guinness Buch der Rekorde*.

Ich hatte alles falsch gemacht, was man nur falsch machen kann. Mist! Am deprimierendsten aber war, dass mehr denn je der Makel des miesen Schweines auf mir lastete. Was lernt der moderne Mann daraus? Spiele nie ein Spiel, dessen Regeln dir nicht geläufig sind!

SchauspielKunst

FINN Ich dachte mir, wenn ich für uns beide den Frühstückstisch decke, würde Jenny erkennen, dass ich doch nicht das miese Schwein war, für das sie mich hielt. Ich hatte sogar ein paar Blumen aus dem Garten von Jennys Eltern organisiert und in Ermangelung einer Vase in eine ausgetrunkene Multivitaminflasche gestellt. Ein mieses Schwein würde sich niemals solche Mühe geben. Der Haken war nur, dass die einzigen Kalorien, die Jenny morgens zu sich nahm, aus einem Becher Kakao bestanden. Egal. Vielleicht verspürte sie ja automatisch Appetit, wenn sie den liebevoll gedeckten Frühstückstisch sah.

Wie jeden Morgen war ich zuerst aufgestanden. Jenny lag noch eingemummelt in ihrem Bett. Ihr langes braunes Haar bedeckte ihr Profil. *Die Haare einer Fee!* Bei dem Gedanken ging mir ein Stich durchs Herz, wie es manchmal bei einem Menschen passiert, wenn ihm bewusst wird, welch ein unverschämtes Glück er hat, weil er sich an etwas erfreuen darf, das tausendmal mehr wert ist als ein Ferrari oder ... Golf und welch unheilvolles Leid ihn treffen würde, müsste er sich quasi über Nacht von seinem Wertvollsten trennen.

Ich berührte Jenny sanft an der Schulter. »Jenny!«

Nichts.

»Jenny!«

Sie schlief wieder wie ein Stein.

Mir kam eine Idee. Vielleicht kriegte ich sie mit einem Becher Kakao wach. Ich nahm die Packung aus dem Küchenschrank und stellte fest, dass höchstens noch zwei, drei Teelöffel Kakaopulver übrig waren. Zum Glück reichte es noch für einen bescheidenen Morgentrunk. Ich rührte das Pulver mit kalter Milch an und hielt den Becher meiner Fee unter die Nase.

»Jenny! Guck mal, was ich hier habe!«

Keine Reaktion. Ich versuchte es ein paar Mal, doch der Kakao zeigte keinerlei magische Wirkung auf sie, also stellte ich den Becher auf das Nachtschränkchen und versuchte es auf die etwas weniger magische Tour. Ich bekam meine Fee schließlich wach.

»Was ist?« Feenhaft klang das nicht gerade.

Ich sagte ihr, dass sie aufstehen müsse. Wie viel Uhr es sei, wollte sie wissen. Ich nannte ihr die Zeit.

»Spinnst du mich so früh zu wecken!«, fuhr sie mich an. »Ich habe heute die erste Stunde frei!«

»Das kann ich doch nicht wissen!«, entgegnete ich wütend und diesmal wäre ich es beinahe gewesen, der beim Rausgehen die Schlafzimmertür zugeknallt hätte. Wie mich das aufregte! Jeden Morgen dasselbe Theater! Jeden Morgen dieselbe üble Laune! Jeden Morgen dasselbe *Lass-mich-bloß-in-Ruhe*-Gesicht! Aber mich zum miesen Schwein abstempeln!

Ich war so in Rage, dass ich ins Schlafzimmer zurückstapfte, den Becher Kakao schnappte und in die Spüle kippte. Dann räumte ich den Tisch ab – sie sollte nicht glauben, ich hätte ihn extra für sie gedeckt – und verließ viel zu früh das Haus. Die blöden Blumen hatte ich mitgenommen und auf dem Weg zur Straße auf den Kompost geworfen. Wie es sich für ein mieses Schwein gehört!

An der frischen Luft fühlte ich mich etwas wohler und das Warten auf den Schulbus kam mir wie die Erholung von einem langen bösen Traum vor. Komisch, ich hätte es niemals für möglich gehalten, dass es mir vor dem Wartehäuschen einer Schulbushaltestelle besser gefallen könnte als in den eigenen vier Wänden.

Zu allem Überfluss lief ich in der großen Pause auch noch Raffael über den Weg. Wie immer hatte er sich mir von hinten genähert und mir auf die Schulter geschlagen. »Na, Alter«, meinte er, »was macht die Ehe? Schon geschieden?«

Sehr witzig! »Im Gegenteil«, antwortete ich. »Unsere Ehe wird von Tag zu Tag harmonischer.« Hätte ich ihm die Wahrheit erzählt, hätte er sich bloß bestätigt gefühlt und massenweise dumme Sprüche vom Stapel gelassen.

»Echt?« Raffael glotzte mich an, als hätte ich ihm gerade erzählt, die FIFA hätte die Fußballtore auf fünf mal fünf Meter vergrößert.

»Jenny ist unwahrscheinlich verständnisvoll«, sagte ich. »So verständnisvoll ist keine andere Frau.«

»Ah?«, machte Raffael.

Ich dachte mir, dass es vielleicht nicht schaden könnte, wenn ich ihm ein Beispiel erzählte, damit meine Worte für ihn einen Sinn ergaben. »Jenny und ich wollten gestern die Wohnung auf Vordermann bringen. Dann bist du gekommen und wir sind los. Als ich aus dem Training zurückgekommen bin, war die Wohnung sauber. Jenny war ein bisschen sauer, kann man ja auch verstehen, aber sie hat schnell eingesehen, dass mein Training wichtiger war, und dann haben wir uns beide eine geniale Salamipizza gemacht.« Okay, okay, ich weiß, ganz so war's nicht, aber irgendwie muss man sich ja vor so aufdringlichen Leuten wie Raffael schützen.

»Cool!«, sagte Raffael.

»Und weil sie so rücksichtsvoll war, habe ich ihr heute Morgen den Frühstückstisch gedeckt. Du hättest mal sehen sollen, wie sie sich gefreut hat. Sogar Blumen habe ich ihr hingestellt.«

»Mann, sag bloß, du hast dich deswegen in Unkosten gestürzt?«

Ich grinste. »Habe ich mir aus dem Garten von Jennys Eltern besorgt.«

»Clever!«, sagte Raffael und klopfte mir anerkennend auf die Schulter. Ich hatte ungewollt sein Weltbild wieder gerade gerückt.

Im Unterricht musste ich ständig an Jenny denken. Eigentlich ein Normalzustand, mit dem kleinen Unterschied, dass die permanenten gedanklichen Abstecher recht wenig zu meiner seelischen Erbauung beitrugen.

Ich versuchte verstärkt dem Unterrichtsstoff zu lauschen. Es klappte nicht. Jenny war allgegenwärtig. *Du mieses Schwein! Du mieses Schwein!*, hallte ihre Stimme wie ein Echo in meinem Kopf. Selbst auf dem Nachhauseweg wurde ich dieses verfluchte Echo nicht los.

Ich hatte die leise Hoffnung, auf dem Tisch läge ein Zettel von Jenny, auf dem sie sich für ihr unmögliches Verhalten entschuldigte. Weit gefehlt. Auch im Schlafzimmer lag nirgends eine Notiz. Nicht einmal das Bett war gemacht. Als hätte sie es demonstrativ so gelassen. Mein Problem war es nicht und ich hatte auch nicht vor, es zu meinem zu machen. Ich war im Begriff, dem öden Platz den Rücken zu kehren, das heißt, ich war schon fast aus dem Schlafzimmer, als mein Gehirn mit einer mir unerklärlichen Verspätung eine wichtige Information des Sehnervs dechiffrierte. Möglicherweise war die Information zu verschlüsselt gewesen oder mein Auge wollte einfach nicht wahrhaben, was es da über dem Bett registriert hatte. Vielleicht hatte das Auge Mitleid mit mir und wollte mein Nervenkostüm schonen. Jedenfalls traf es mich voll volley wie ein Schuss von Rivaldo aus einem Meter Entfernung!

Ich war erschüttert! Gedemütigt! Über dem Bett hing ein Poster von Richie! Genau über Jennys Kopfkissen! Mit nacktem Oberkörper und offenem Reißverschluss und diesem schmierigen Lächeln in seinem dämlichen Kleine-Mädchen-Aufreißer-Gesicht. Es war das Poster aus Jennys Zimmer. Sie musste es heute Morgen hingehängt haben, nachdem sie aufgestanden war. Sie wollte mir mit dem Poster eins auswischen, ganz klar. O Mann, so viel Hinterhältigkeit hätte ich ihr niemals zugetraut!

JENNY Ich weiß, dass ich morgens unausstehlich bin! Ich hasse mich deswegen selbst. Mama hatte sich daran gewöhnt. Aber Finn? Finn musste doch glauben, ich wäre eine dumme Ziege. Es war mir schrecklich unangenehm und ich hatte deswegen auch ein schlechtes Gewissen. Ich würde alles darum geben, morgens aufzuwachen und blendend gelaunt zu sein. Ich würde sogar sämtliche Richie-Poster zerreißen, zumindest die, die mir nicht so gut gefallen. Dass ich das Poster über das Bett gehängt hatte, war natürlich nicht in Ordnung. Aber ich war an diesem Morgen so stinkig gelaunt wie schon lange nicht mehr. Das lag hauptsächlich daran, dass Finn den Rest Kakao weggetrunken hatte. Dabei wusste er ganz genau, wie sehr ich morgens meinen Kakao brauchte. Ich war sicher, dass er es mit Absicht gemacht hatte. Und dann brachte mir Julian auch noch das Poster von Richie. Mama hatte es von der Wand genommen, weil sie mein Zimmer streichen wollte. Also habe ich das Poster, sauer wie ich war, einfach über das Bett gehängt.

Später, in der Schule, nachdem sich meine Stimmung etwas gebessert hatte, wurde mir klar, dass ich übereilt gehandelt hatte. Ich würde Finn fragen müssen, ob das Poster hängen bleiben konnte. Ich wollte mich darum kümmern, sobald ich zu Hause war. Aber vorher würde ich ihm sagen, dass ich nicht mehr böse auf ihn war und dass ich ihn lieb hatte wie keinen anderen und er Geduld mit mir haben müsse. Ich würde mich auch ganz doll anstrengen morgens nicht mehr ganz so ekelig zu sein. Ich war sicher, alles würde wieder gut werden.

Ich wollte Finn damit an der Tür überraschen und klingelte wie eine Wilde. Finn machte nicht auf. Ich musste wohl oder übel selbst aufschließen und betrat die Wohnung. Finns Schultasche lag mitten im Weg.

»Finn!«, rief ich.

Finn meldete sich nicht. Ich warf einen Blick ins Schlafzimmer und erstarrte.

»Finn!«, schrie ich. Ich hätte ihn umbringen können! Das schöne Richie-Poster! Finn hatte Richie mit Filzstift eine Brille ins Gesicht gemalt und einen Drei-Tage-Bart. Auf seiner Stirn prangten zwei dicke, fette Pickel und auch sein schöner nackter, athletischer Körper war nicht mehr schön, sondern von Tausenden von Pickeln übersät!

»Finn!« Das würde er nie wieder gutmachen können. Ausgerechnet mein Lieblingsposter! Wie ich ihn hasste! »Finn!«, schrie ich und stürmte nach draußen.

Finn war hinter dem Haus und versuchte mit seinem Basketball den Korb zu treffen, den Papa an einem hohen Pfosten befestigt hatte. Die meisten Leute, die früher das Ferienhaus mieteten, hatten Kinder und die konnten dann Basketball spielen.

»Du bist so gemein!«, schrie ich ihn an.

Finn warf ungerührt den Ball und traf den Korb.

Seine Coolheit machte mich noch rasender. »Du hast das Richie-Poster zerstört!«

»Zerstört?«, stellte sich Finn dumm. »Also vorhin hing es noch da!«

»Es hängt immer noch da! Aber du hast darauf herumgekritzelt! Auf meinem Lieblingsposter! Du wolltest mir damit wehtun! Ich rede nie wieder ein Wort mit dir!«

FINN Wer wollte denn hier wem wehtun? Sie doch mir! »Wie würdest du denn reagieren, wenn ich ein Nacktfoto von Pamela Anderson über mein Kopfkissen gehängt hätte ohne dich zu fragen, he?« Ich musste aufpassen ihr nicht in meiner Wut den Basketball an den Kopf zu werfen.

»Jedenfalls würde ich nicht so pervers darauf herumkritzeln wie du!«, konterte Jenny.

Es war reine Notwehr gewesen, dass ich zum Filzstift gegriffen hatte. Ich konnte mir doch nicht alles von ihr gefallen lassen. Wenn eine Frau einen Mann erst einmal so weit hat, dass er sich von ihr herumstoßen lässt, ist er für sie nicht mehr interessant. Hat Papa einmal zu mir gesagt. Und er hat gesagt, Frauen liebten es, wenn ein Mann sich zur Wehr setzt, sie würden es nur nie zugeben und sich lieber von ihm trennen. Na ja, wie es scheint, hatte Mama in seinem Fall genau das getan.

»Ich weiß gar nicht, was du hast«, sagte ich. »Ich finde, Richie sieht jetzt viel sympathischer aus.«

»Du bist echt gemein! Und mit so einem gemeinen Kerl lebe ich unter einem Dach! Wie konnte ich nur so naiv sein und dich heiraten!«

»Von mir aus heirate doch deinen blöden Richie!«

»Und du deine blöde Pamela!« Jenny stapfte davon.

Ich warf den Ball in die Gegend und lief ihr hinterher. »Würde ich auch tun! Und weißt du warum? Weil sie bestimmt nicht so rücksichtslos ist wie du!«

Jenny hatte die Haustür erreicht und blieb stehen. Fast hätte ich sie umgerannt. »Ich und rücksichtslos?«, spie sie wie ein Feuerschlucker. Wäre ich aus Papier gewesen, hätte ich augenblicklich in lodernden Flammen gestanden. »Wieso bin ich rücksichtslos? Das möchte ich doch jetzt mal wissen!«

Ihre Unerschrockenheit, die viel von der Kälte eines Eisblocks an sich hatte, brachte mich für eine Sekunde aus dem Konzept. »Weil ... weil du mich nicht gefragt hast, ob es mich stören würde, wenn du das Poster aufhängst!«

»Das wollte ich ja! Gleich wenn ich von der Schule zurück bin! Aber da hattest du Dummkopf es schon ruiniert!«

Jenny schloss auf und knallte die Haustür vor meiner Nase zu. Toll! Jetzt war es ihr schon wieder gelungen, mich als mieses Schwein hinzustellen! Wie schaffen die Frauen das immerzu? Doch diesmal war ich nicht gewillt klein beizugeben.

Jenny hatte sich mal wieder ins Schlafzimmer verkrümelt. Auch gut! Sollte sie doch darin verschmoren! Ich nahm eine von meinen CDs – *Perfect* von *Three Boys'n Trouble* – und drehte sie voll auf. *Three Boys'n Trouble,* das war wenigstens Musik! Nicht so zum Einschlafen wie Richies Knutschnummern. *Three Boys'n*

Trouble, das war Power! Ließ einem das Blut zu Kopfe steigen!

Offensichtlich auch bei Jenny, denn der erste Song war gerade mal zur Hälfte abgespielt, da kam sie auch schon aus dem Schlafzimmer gestürmt.

»Mach die Musik leiser!«, schrie sie.

Ich ignorierte sie.

»Du sollst die Musik leiser machen!«

Komisch, hatte irgendjemand was gesagt?

Jenny stapfte zur Anlage und drehte sie einfach leiser. »Die Musik stört mich!«, sagte sie und verschwand wieder im Schlafzimmer.

Mir war es egal, ob die Musik sie störte. Schließlich hatte ich von morgens bis abends ihren blöden Richie ertragen.

Ich drehte die Musik wieder lauter, Jenny, die es keine zwei Sekunden im Schlafzimmer hielt, wieder leiser. »Du bist ein Egoist!«, schrie sie.

»Das musst ausgerechnet du zu mir sagen!«, schrie ich zurück. »Du Oberegoistin, du!«

»Wer terrorisiert denn hier wen mit seiner Schrottmusik?«, schrie Jenny.

»Schrottmusik?« Hatte ich richtig gehört? »Und wie nennst du das Gejaule von Richie?«

»Du hast nie etwas an seiner Musik auszusetzen gehabt!«

»Weil du sonst eingeschnappt gewesen wärst!«

»Du bist unfair! Ich habe immer gedacht, du magst seine Musik! Du hast mich belogen! Ich hasse dich!«

Ich wollte etwas erwidern, doch ein unerwartet auftretendes Vakuum, dort wo sich gewöhnlich die Argumente tummeln, wenn sie nicht gerade ihren freien Tag haben oder sonst wie verhindert sind, neutralisierte meine Schlagfertigkeit. War diese Frau denn niemals mundtot zu kriegen?

JENNY Plötzlich klingelte es an der Haustür. Wir blickten uns an – wütend und überrascht zugleich. O Gott, wenn jemand von den Erwachsenen den Streit mitgehört hatte, waren wir bis in alle Ewigkeit die Blamierten!

Es klingelte erneut. »Wir wissen, dass ihr da seid!«, hörten wir Julian rufen! »Wir haben euch gehört!«

Dieser Blödmann! Uns so zu erschrecken! Ich stapfte los und riss die Tür auf. »Was will …?« Doch die Frage, die ich ihm in meinem Zorn an den Kopf werfen wollte, blieb mir im Halse stecken.

Julian war nicht allein. In seiner Gesellschaft befanden sich weitere altbekannte Gesichter: Finns kleine Schwester, Papa und Mama und Silke. Die Überraschung hätte nicht größer sein können.

»Da wir euch so wenig zu Gesicht bekommen, wollten wir euch einmal besuchen«, sagte Papa.

Ich stand regungslos da, unfähig mich zu bewegen. Sie mussten den Eindruck haben, dass ich niemanden in die Wohnung lassen wollte.

»Aber nur, wenn es euch recht ist«, fügte Papa hinzu. »Wir haben auch Kaffee und Kuchen und Saft mitgebracht.«

Ich wich einen Schritt zurück, dabei stolperte ich über Finns blöde Schultasche und wäre beinahe hingefallen. Ich konnte mich gerade noch abfangen.

Die Meute trat ein.

»Wir kommen doch nicht etwa ungelegen?«, fragte uns Mama mit einer Mimik, die in keiner Weise darauf hindeutete, dass etwas von unserem kleinen Streit an ihr Ohr gedrungen war. Falls sie dennoch etwas gehört haben sollte, hielt sie sich taktvoll zurück.

»Warum solltet ihr ungelegen kommen?«, entgegnete ich so cool wie möglich, obwohl sie gar nicht ungelegener hätten erscheinen können, und riskierte einen Blick zu Finn. Er sah nicht gerade aus, als käme er mit der neuen Situation klar.

»Ist das schön ordentlich bei euch«, stellte Mama fest. Was hatte sie erwartet? Marmelade an der Tapete? Schokoladenflecke auf dem Teppich? Schmutzige Unterhosen auf dem Sofa? Berge von Müll?

»Finn und ich haben es gerne sauber«, erklärte ich.

»Aha!«, sagte Mama entgeistert und starrte mich an.

»Nicht wahr, mein Schatz?«, sagte ich zu Finn und gab ihm einen Kuss auf die Wange, zum Zeichen, dass er mich ruhig ein bisschen unterstützen könnte.

»Das sind ja völlig neue Seiten an meinem Sohn«, meinte Silke. »Möchtest du nicht lieber wieder in dein altes Zimmer einziehen, Finn? So einen perfekten Sohn wollte ich schon immer haben.«

Finn grinste verlegen. Statt seine Gesichtsmuskeln einzusetzen hätte er lieber seine Stimmbänder trainieren sollen. Oder erwartete er, dass ich die ganze Zeit den Alleinunterhalter spielte?

Leonie zerrte an meinem Ärmel. »Warum habt ihr euch gestritten?«

Ich hätte sie nach Grönland schießen können! »Wir haben uns überhaupt nicht gestritten!«, antwortete ich und fühlte mich in meiner Haut so unwohl wie eine Schnecke bei der Überquerung der Autobahn.

»Habt ihr wohl!«, beharrte Leonie.

»Quatsch, das war die Musik, die so laut war!«

»Und warum hast du gesagt, dass du Finn hasst?«, mischte sich zu allem Überfluss auch noch Julian ein.

Es gibt im Leben Momente, da möchte man sich am liebsten auf die Rückseite der Erde beamen und sich freiwillig von Treibsand begraben lassen. Dies war solch ein Moment.

»Ich hab doch nicht Finn gemeint!«, versuchte ich die Situation zu retten und zeigte Julian den Vogel. »Das gehört zu einem Theatertext aus meiner Theater-AG.«

»Ich hätte schwören können, die Theater-AG wäre im letzten Jahr gewesen«, meinte Mama.

»War sie auch! Ich habe Finn nur einen Auszug aus unserem letzten Stück vorgespielt!«

»Ach so!«

Ups, das war knapp! Ich warf Julian einen kurzen, aber scharfen Blick zu, als Warnung, dass er es das nächste Mal bereuen würde, auf der Welt zu sein, sollte er mich noch einmal in so eine blöde Situation bringen.

Papa schlug vor, sich auf die Terrasse zu setzen. Die Erwachsenen machten es sich auf den Stühlen bequem. Julian und Leonie wollten unbedingt auf die Bank.

»Da sitzen Finn und ich!«, erhob ich sofort Einspruch.

»Aber Leonie und ich waren zuerst!«, maulte Julian.

Das alte Lied.

»Schatz«, sagte ich zu Finn, »bist du so nett und holst für Julian und Leonie zwei Stühle aus dem Wohnzimmer?« Nicht dass ich Finn verziehen hätte und deshalb so betont freundlich zu ihm war. Papa und Mama sollten nur nicht glauben, Finn und ich wären bereits an jenem Punkt angelangt, wo sie uns am liebsten gehabt hätten. Ich hatte absolut keine Sehnsucht nach meinem Zimmer, und wenn Finn nicht ganz so bescheuert war, spielte er das Spielchen mit. Schließlich geschah es auch in seinem Interesse.

»Klar doch, Liebling!«, entgegnete Finn.

Endlich hatte er begriffen! Die Kleinen waren so verdattert, dass sie sich widerspruchslos auf die Stühle hockten, die Finn ihnen auf die Terrasse schleppte. Inzwischen fing ich an den Tisch zu decken.

»Warte, Liebling, ich helfe dir«, sagte Finn. Wie leicht ihm das Wort über die Lippen ging. Als hätte er auf einmal sein Herz für die Schauspielkunst entdeckt.

Für sieben Leute zu decken war gar nicht so einfach, vor allem wenn nicht ausreichend Kuchenteller und Tassen vorhanden sind. Wir mussten improvisieren und stellten noch große Essteller und Gläser hin.

»Habt ihr zufällig auch Milch?«, fragte Silke. Sie brauchte sie für den Kaffee.

Ich wollte aufspringen.

»Lass nur, Liebling!«, sagte Finn und legte dabei für einen Augenblick seine Hand auf meinen Oberschenkel. Hätte er das zehn Minuten vorher gewagt, hätte ich ihn dafür geohrfeigt.

Silke wunderte sich, dass wir tatsächlich Milch dahatten.

»Wir haben immer welche im Haus, nicht wahr, Liebling«, sagte Finn aus der Küche kommend. »Jenny trinkt so gern morgens ihren Kakao.«

»Ich erinnere mich«, sagte Mama trocken und guckte mich an. »Ich erinnere mich auch, dass du morgens große Startschwierigkeiten hattest. Hat sich das eigentlich gelegt, seit du verheiratet bist?«

Mütter können so hinterhältig sein! Beinahe hätte ich ihr die Zunge herausgestreckt. Zum Glück rettete Finn die Situation.

»Jenny ist morgens das blühende Leben«, übertrieb er. »Sie steht sogar noch vor mir auf.«

»Sieh einer an!«, sagte Mama verblüfft.

»Ich bin ja so froh nicht mit einem Morgenmuffel verheiratet zu sein«, sagte Finn. »Ich glaube, ich würde das nicht aushalten. Jeden Morgen in ein muffeliges Gesicht zu schauen!« Um der Versammlung zu zeigen, wie grausam der Gedanke war, verzog er das Gesicht, wie ich es tun würde, wenn ich versehentlich auf eine Schnecke getreten wäre.

Mir war das so peinlich! Am liebsten hätte ich mich unsichtbar gemacht.

»Jenny hat mich morgens immer geärgert!«, mischte sich Julian ein.

»Lüg doch nicht so!«, sagte ich. »Wenn ich zur Schule musste, hast du noch geschlafen!«

»Gar nicht!«, sagte Julian. »Einmal hast du mich ganz doll an den Haaren gezogen!«

»Klar! Vor tausend Jahren vielleicht!«

»Da war ich noch gar nicht auf der Welt!«

»Wär's bloß so geblieben!«

»Jenny!«, wies mich Mama zurecht.

Ich werde nie begreifen, warum Eltern immer gleich hysterisch werden, wenn man einmal die Wahrheit sagt.

»Sie hat es nicht so gemeint«, sagte Finn. »In Wirklichkeit hat sie ihren Bruder gern, nicht wahr, Liebling?« Dann gab er mir einen Kuss und mir war es nicht einmal unangenehm.

Um den Frieden zu bewahren, schenkte ich Julian ein Lächeln. Hätte er genauer hingesehen, hätte er unschwer ein warnendes Flackern wahrgenommen.

»Hast du mich auch gern?«, wollte Leonie von ihrem Bruder wissen.

»Ähm…«, stotterte Finn.

»Er erzählt jedem, der es wissen will, was für eine liebevolle Schwester er hat«, sprang ich für Finn in die Bresche.

Leonie strahlte über das ganze Gesicht. Was doch eine Aussage, an der lediglich der Satzbau stimmt, bei so

Kleinen alles bewirken kann. Garantiert würde sie ihren großen Bruder bis in alle Ewigkeit heiß und innig lieben.

»Kann es sein, dass du zugenommen hast?«, wechselte Papa das Thema.

Toll! Wenn ich etwas nicht leiden konnte, dann war es, wenn mich jemand auf meine Figur ansprach. Ich habe sowieso immer das Gefühl, viel zu dick zu sein. Und womöglich noch zugenommen zu haben war wirklich die grausigste aller Vorstellungen. Mit Ausnahme von Spinnen an der Wand und so.

»Ich habe doch nicht zugenommen!«, widersprach ich empört.

»Finn«, sagte Papa. »Ich nehme an, dir ist nicht entgangen, dass Jenny selten frühstückt. Wenn du ein bisschen darauf achten könntest, dass Jenny morgens etwas Nahrhaftes zu sich nimmt, abgesehen von ihrem Kakao, wären wir dir sehr dankbar. Wir machen uns wirklich große Sorgen.«

Das war die Höhe! Seit wann brauchte ich einen Aufpasser für meine Kalorien! Hätte Finn in diesem Moment nicht seinen Arm um mich gelegt, wäre ich wahrscheinlich geplatzt. Als hätte er so etwas geahnt.

»Die Sorge ist unberechtigt«, entgegnete Finn cool. »Jenny geht nie ohne Frühstück aus dem Haus.«

»Finn deckt jeden Morgen den Frühstückstisch, wenn ich im Bad bin«, schwärmte ich. »In dieser Beziehung ist er ein wahrer Schatz.« Weil Finn so großartig mitspielte, drückte ich ihm einen Kuss auf die Wange.

»Ich erkenne meinen Sohn nicht wieder!«, sagte Silke. »Kannst du ihn mir nicht für einen Tag ausleihen, Jenny? Ich möchte mich auch einmal an einen gedeckten Frühstückstisch setzen. Außer am Muttertag.«

Die Stimmung wurde zunehmend besser, die Erwachsenen nervten nicht mit bohrenden Fragen und bald gehörte die Krise zwischen Finn und mir der Vergangenheit an. Dennoch war ich froh, als sich die Runde auflöste. Das perfekte Paar zu mimen war mindestens so anstrengend wie sich drei Tage lang streiten.

Finn und ich alberten noch eine Weile herum.

»Möchtest du vielleicht noch ein Stück Kuchen, mein Liebling?«

»Gerne, mein Schatz. Wärst du so nett und würdest du mir die Milch reichen?«

»Aber gewiss doch, mein Liebling. Etwas Sahne vielleicht?«

»Danke, mein Schatz. Ich muss unbedingt noch eine Tonne zunehmen.«

Wir kriegten uns vor Lachen nicht mehr ein. Später nahm ich das Richie-Poster von der Wand und Finn durfte es vor meinen Augen zerreißen. Obwohl ich Tränen lachte, versetzte mir die lustige Aktion einen kleinen Stich. Aber ich war glücklich, glücklich, weil wir unsere erste große Krise gemeistert hatten. Was auch in Zukunft geschehen sollte, ich war sicher, dass keine Macht der Welt Finn und mich jemals auseinander bringen würde. Nicht morgen, nicht übermorgen und nicht in vier Trillionen Jahren.

Ein heimlicher Verehrer

FINN Ich hatte die erste Stunde frei und dachte mir, ich würde Jenny vielleicht eine Freude machen, wenn ich sie zur Schule begleitete. Jenny war wie immer etwas gereizt, hatte aber auch nichts gegen meinen Vorschlag einzuwenden. Während der Busfahrt taute sie allmählich auf und meinte, dass es furchtbar lieb von mir wäre, dass ich sie zur Schule brächte.

»Das ist doch selbstverständlich!«, entgegnete ich. »Immerhin bin ich dein Mann!«

Wie sie wieder lächelte! Wäre ich nicht schon mit ihr verheiratet gewesen, hätte ich ihr spätestens jetzt einen Antrag gemacht.

Der Bus hielt vor ihrer Schule. Ich war ziemlich nervös und fühlte dennoch einen unbeschreiblichen Stolz in mir. Nun konnten alle sehen, wer der Glückspilz war, mit dem Jenny zusammenlebte.

Jennys Unterricht begann in zehn Minuten. Ich begleitete sie noch auf den Schulhof. Ein paar Mädchen stießen sich an und guckten kichernd zu uns her. Ich kam mir vor wie im Zoo.

»Ist das dein Ehemann?«, rief eins der Mädchen zu uns herüber. Sie hatte sich die Strähnen grün gefärbt und sah auch sonst nicht übel aus.

Jenny musste kichern. Mir wurde heiß und meine Sinne stoben vor lauter Panik in alle möglichen Richtungen. Nachdem sich ein Großteil wieder zurückgemeldet hatte, überlegte ich, ob ich Jenny zum Abschied einen Kuss geben sollte. Ich hätte damit keine Probleme gehabt, jedenfalls keine sonderlich großen. Sollten ruhig alle sehen, wie sehr ich Jenny liebte. Fragte sich nur, wie Jenny darüber dachte. Würde ihr das überhaupt recht sein? Ein Kuss vor so vielen Leuten? Ich war hin- und hergerissen und wollte auf keinen Fall das Falsche tun, als plötzlich Melli auftauchte.

»Was machst du denn hier?«, fragte sie mich erstaunt. »Hast du keine Schule?« Sie schien über meinen Anblick nicht gerade begeistert zu sein. Aber das war ich ja von Melli gewohnt.

»Ich habe mir extra von unserem Schulleiter freigeben lassen, um Jenny zur Schule zu begleiten«, antwortete ich.

»Sehr witzig!«, sagte Melli.

»Warum lachst du dann nicht?«

»Ein andermal vielleicht!« Daraufhin wandte sie sich an Jenny: »Hast du schon gehört, Daniel hat mit Sandra Schluss gemacht!« Und dann erzählte sie den allerneuesten Tratsch über diesen Daniel und seine Sandra. Da ich beide nicht kannte, hörte ich auch nicht richtig zu.

Ich war mit meinen Gedanken ganz woanders. Sollte ich den Kuss nun riskieren oder nicht? Melli redete und redete, so dass ich mich kaum konzentrieren konnte. Schließlich klingelte es zum Unterricht und ich war noch immer zu keinem Ergebnis gelangt. Was sollte ich nur tun? ...

»Wann?«, fragte mich Jenny.

Ich begriff erst gar nicht, was sie meinte, bis mir ein Licht aufging. »Ähm, um eine Minute vor neun!«, stotterte ich.

»Bis eine Minute vor neun!«, sagte Jenny und gab mir einen Kuss. Vor all den vielen Leuten!

»Muss Liebe schön sein!«, sülzte Melli. Ausnahmsweise hatte sie einmal Recht.

Ich war selig wie schon lange nicht mehr und sah Jenny hinterher, die sich am Eingang noch einmal umdrehte. Sie winkte mir zu. Ich winkte zurück und bedauerte es, dass sich gewisse Momente im Leben nicht einfach zurückspulen lassen wie bei einem Videofilm.

Auf dem Weg zur Schule musste ich ununterbrochen an Jenny denken. Ich konnte es kaum abwarten, bis es eine Minute vor neun war und wir in Gedanken vereint sein würden. Die Mathestunde hatte noch nicht richtig begonnen, da zog mich die Digitalanzeige meiner Uhr in den Bann. Um acht Uhr achtundfünfzig Minuten und fünfzig Sekunden begann ich zu zählen, rückwärts, wie bei einem Countdown. Zehn, neun, acht, sieben, sechs, fünf, vier, drei, zwei, eins, zero.

Der Zeitpunkt für die Verschmelzung unserer Seelen! ...

JENNY *... Ich liebe dich, Finn! Ich werde dich immer lieben! Aber bitte, sei nicht immer so eifersüchtig wegen Richie. Richie ist überhaupt keine Gefahr für dich. Richie wohnt so weit weg. Du musst dir nur vorstellen, er würde auf einem anderen Planeten leben ...*

Ich spürte plötzlich Mellis Ellenbogen in meiner Seite. »Hast du mal eine Patrone für mich?«

»Gleich!«

... Ich werde dir auch nie wieder einen Grund geben, eifersüchtig zu sein. Bitte glaube mir, Finn. Ich könnte dir niemals untreu sein! Nie, nie würde ich unsere Liebe verraten! Das schwöre ich dir!...

»Hast du jetzt eine Patrone für mich oder nicht?«

Melli! Manchmal konnte sie einem wirklich auf den Senkel gehen.

»Deine Sorgen möchte ich haben!«, seufzte ich. Die Patronen mussten in meiner Tasche sein. Ich begann zu suchen, als ich zwischen all den Büchern und Mappen einen weißen Umschlag entdeckte. Es war ein Brief. Er war zugeklebt. Verwundert nahm ich ihn heraus. *Für Jenny* stand fein säuberlich auf der Vorderseite. Mein erster Gedanke war, dass Finn mir einen Brief geschrieben hatte, und voller Vorfreude öffnete ich den Umschlag, aber so, dass die anderen – mit Ausnahme von Melli natürlich – es nicht bemerkten.

Melli wollte mir den Brief aus der Hand reißen. Ich konnte es gerade noch verhindern.

Das Briefpapier war nichts Besonderes, eine halbe, zusammengefaltete Seite aus einem Din-A4-Schreibheft. Ich faltete das Blatt auseinander und erkannte sofort, dass es nicht Finns Handschrift war. Gespannt begann ich zu lesen:

Jenny, du schönster Stern des Universums!
Dich anzusehen ist wie ein Naturschauspiel. Dein Erscheinen lässt jeden Kometen erblassen, dein Lächeln ist wie das Licht. Du bist das Mädchen, das ich ein Leben lang lieben könnte.
DdlL

Meine Hände zitterten, mein Herz schlug wie wild und in meinem Kopf herrschte ein Durcheinander wie in dem Zimmer meines kleinen Bruders Julian.

Melli hatte mitgelesen. Sie kicherte.

»Wehe, du verrätst etwas!«, zischte ich.

»Du hast es gut«, seufzte Melli, »du hast einen neuen Verehrer! Warum passiert mir so etwas nie?«

Ich hätte es sogar begrüßt, wäre der Brief für sie bestimmt gewesen. Natürlich fühlte ich mich geschmeichelt … *du schönster Stern des Universums! Dich anzusehen ist wie ein Naturschauspiel! Dein Erscheinen lässt jeden Kometen erblassen!…* Wer wäre das nicht bei solch schönen Worten. Andererseits war ich glücklich verheiratet. Ich hatte also gar kein Recht, mich über den Liebesbrief eines anderen zu freuen. Und wer konnte der Unbekannte überhaupt sein? Was bedeutete DdlL? Wer hatte den Mut gehabt, den Umschlag in meine Tasche zu stecken? Ich blickte mich in der Klasse um. Keiner der Jungen schaute her oder verhielt sich sonst wie auffällig. Der Gedanke, dass einer von ihnen den

Liebesbrief geschrieben haben musste, war eher ernüchternd. Es machte mich sogar zornig. Wie konnte jemand so unverfroren sein und annehmen, ich würde mich über seinen Liebesbrief freuen? Über den Liebesbrief eines Langweilers! Denn das waren die Jungen allesamt in meiner Klasse, abgesehen von Nils und Aaron und Benni vielleicht, die immer für einen Blödsinn gut waren, aber von ihnen einen Liebesbrief zugesteckt zu bekommen war das Letzte, wovon ich träumte. Ich wollte von dem Brief nichts mehr wissen, steckte ihn weg, fand die Patronen und reichte eine davon Melli.

Melli schrieb etwas auf ein Schmierblatt und schob es zu mir rüber. *Markus?*, stand auf dem Blatt. Melli kicherte.

Markus war dick und schwitzte ständig. Der Schwarm aller Frauen nördlich der trostlosen Sumpfgebiete am Rande der Galaxie. Ich streckte die Zunge heraus, zum Zeichen, dass ich große Lust hätte, mich zu übergeben.

Der Brief ließ mir keine Ruhe. Je länger ich darüber nachdachte, umso mehr kam ich zu der Ansicht, dass sich jemand mit mir einen Scherz erlaubte. Am besten, ich zerriss den Brief.

Ich zerriss ihn nicht. Ich las ihn aber auch kein weiteres Mal durch, sondern ließ ihn einfach in der Schultasche. Finn erzählte ich kein Wort davon. Er hätte sich bloß aufgeregt und gedacht, ich hätte ein Verhältnis mit einem anderen. Trotzdem fühlte ich mich nicht wohl.

Ich hatte plötzlich ein Geheimnis vor Finn.

FINN Jenny wollte an diesem Nachmittag unbedingt etwas mit mir unternehmen.

»Lass uns ins Kino gehen«, meinte sie. Sie hatte sich auch schon einen Film ausgesucht: *Duncun*.

Ich hatte Ausschnitte von *Duncun* im Fernsehen gesehen und wusste, dass es ein toller Streifen war. Mit Brad Cirino in der Hauptrolle. Brad Cirino war ein klasse Schauspieler und ich hätte mir den Film so gern mit Jenny angeguckt. Leider war in meinem Geldbeutel so gut wie Ebbe.

»Dann legen wir eben zusammen«, sagte Jenny, »und den Rest nehmen wir aus der Haushaltskasse.«

Ich dachte, ich hätte mich verhört. Aus der Haushaltskasse? Wenn ich so etwas vorgeschlagen hätte, wäre das nichts Außergewöhnliches gewesen. Aber dass Jenny solch einen Vorschlag machte, verwunderte mich schon. Ausgerechnet Jenny, die sonst immer so korrekt war. Ich tat so, als hätte ich Bedenken.

»Ach, bitte!«, flehte Jenny. »Wir sind noch nie zusammen im Kino gewesen.«

Ich zögerte und fand, dass ich als Schauspieler nicht übel war, wenn auch nicht so brillant wie Brad Cirino.

»Es soll auch eine Ausnahme bleiben!«

»Na schön!«, sagte ich, »aber nur dies eine Mal!«

»Danke!« Jenny fiel mir um den Hals, als hätte ich ihr einen Diamanten geschenkt, und bediente sich aus der Haushaltskasse.

Der Film begann um Viertel nach fünf, eine äußerst günstige Uhrzeit, wie sich herausstellen sollte, denn Jenny und ich hatten das Kino fast für uns allein. Außer uns hatten sich vielleicht noch zehn Leute eingefunden, und ich kann nicht behaupten, dass sie uns störten oder so.

Die Karten waren billiger gewesen, als wir gedacht hatten. Jenny überredete mich, von dem Rest für jeden eine Cola und eine Tüte Popcorn zu kaufen.

Der Film war megacool, obwohl ich von dem Ende nur die Hälfte mitbekam. Da sah es fast so aus, als würde Duncun sterben, und Cherry, die ehemalige Geliebte des Königs von England, des Mannes, der Duncuns Vater hatte ermorden lassen, weinte um Brad Cirino. Zuerst hatte Duncun die Frau gehasst, logisch, jetzt liebte er sie. Jenny hatte ich von Anfang an geliebt. Allerdings nicht gleich, als ich sie das erste Mal sah. Aber Stress hat es vorher zwischen uns nie gegeben. Ich konnte mir auch gar nicht vorstellen sie jemals zu hassen. Jedenfalls sah es nicht besonders gut um Duncun aus. Cherry war ganz schön fertig und ich hatte einen richtigen Kloß im Hals, weil sie so fürchterlich weinte. Ob Jenny um mich genauso weinen würde, sollte mich wie Duncun einmal ein Pfeil von hinten treffen? Vermutlich würde ich es nie herausfinden und wenn, dann dürfte es alles andere als eine gesunde Angelegenheit sein. Cherry hörte überhaupt nicht mehr auf zu weinen. Ich befürchtete schon, ich müsste mein Taschentuch zücken. Da ergriff Jenny meine Hand und ließ sie nicht mehr los. Ich sah nur noch lauter schrille Farben vor mir, unfähig dem Geschehen auf der Leinwand noch länger zu folgen. Meine ganze Aufmerksamkeit galt Jennys zarter Hand. Mein Herz drehte Dutzende von Pirouetten, in meinem Kopf schlugen die Gedanken Purzelbäume und in meinem Magen tanzte das Popcorn zu irischer Musik. So schön kann Kino sein.

Duncun hat natürlich überlebt, seinen ermordeten Vater gerächt und seine geliebte Cherry zur Frau genommen. So viel hatte ich immerhin mitbekommen.

JENNY Am anderen Tag steckte wieder ein Brief in meiner Tasche. Und wieder nach der ersten großen Pause.

Jenny, Göttin meines Herzens!
Wenn du an mir vorübergehst, spielt mein Verstand verrückt. Wenn du in meiner Nähe bist, möchte ich dich umarmen. Wenn du dir mit der Hand durch das Haar fährst, möchte ich dein kleiner Finger sein.
DdlL

Ich gebe zu, die Zeilen gingen mir ganz schön unter die Haut, so sehr ich mich auch dagegen wehrte. Der Absender verstand etwas von Liebesbriefen, ohne Zweifel.

Melli starrte wie verzaubert vor sich hin. Wahrscheinlich malte sie sich gerade aus, wie sie mit dem unbekannten Briefeschreiber Arm in Arm durch den Park spazierte oder er sie zu einer Pizza einlud.

Ich hätte zu gern gewusst, wer der Verfasser war. Allein um ihm zu sagen, dass ich bereits vergeben bin und er es bitte unterlassen möchte, derartige Brief in meine

Tasche zu stecken. Niemandem würde es jemals gelingen, Finn und mich auseinander zu bringen, nicht einmal der beste Liebesbriefschreiber der Welt. Ich beschloss einfach nicht mehr an den Brief zu denken. Und es klappte. Ungefähr dreißig Sekunden lang. *Göttin meines Herzens!* Es waren so wunderschöne Worte ... Ich hätte mich auflösen können wie eine Schiffsladung Brausepulver im Ozean... Doch stopp, ich musste vernünftig sein! Ich versuchte die Worte zu verdrängen, aber sie kamen wieder und wieder, wie Wellen, die immerzu an das Ufer klatschen. *Göttin meines Herzens!... Wenn du dir mit der Hand durch das Haar fährst, möchte ich dein kleiner Finger sein ...*

FINN »Was hältst du davon, wenn wir morgen eine Fahrradtour machen?«, schlug Jenny beim Abendbrot vor. »Mit einem schönen Picknick unterwegs.«

Ich hätte mich beinahe verschluckt. Jenny kam auf sonderbare Ideen. Gestern erst hatte sie durchgesetzt, dass wir eine Woche lang kein Fernsehen mehr gucken. Eine Woche lang! Das muss sich ein Mensch mal vorstellen! Sie wolle nicht jeden Abend mit mir vor dem Fernseher verbringen wie ein altes Ehepaar, das sich nichts mehr zu sagen hätte, hatte sie gemeint. Da noch auf Fernsehgucken beharren schien mir nicht so ganz ratsam zu sein. Und dann wollte sie am selben Abend noch unbedingt Scrabble spielen! Scrabble! Sie gewann haushoch. Und jetzt die Fahrradtour! Was war los mit ihr?

»Ich habe morgen um halb zwei ein Punktespiel«, fiel mir zum Glück ein.

»Dann gucke ich zu«, sagte Jenny. »Ich habe dir noch nie bei einem Fußballspiel zugeguckt. Und wenn das Spiel fertig ist, machen wir die Fahrradtour.«

Eine Fahrradtour nach einem Punktespiel! Danach hatte ich mich schon immer gesehnt. Offensichtlich hatte sie keinerlei Vorstellung, wie kräftezehrend so ein Match war. »Wir spielen auswärts«, sagte ich. »Da kannst du nicht mit. Leider!« Und das meinte ich wirklich so. Leichtfertigerweise hielt ich die Angelegenheit damit für erledigt.

»Wir können doch fahren, wenn du vom Fußballspiel zurückkommst«, sagte Jenny.

Sie bedrängte mich so lange, bis ich einwilligte. Aber mehr als ein, zwei Kilometer würde ich garantiert nicht strampeln, das stand fest.

JENNY Als Finn am nächsten Tag vom Spiel zurückkam, packte mich der Schreck wie ein Raubtier seine Beute. Er humpelte und sein Gesicht war schmerzverzerrt.

»Was hast du denn?«, fragte ich ihn panisch.

»Bänderdehnung oder so!«, stöhnte er und legte sich der Länge nach auf die Couch. »Irgend so ein Idiot ist von hinten in mich reingegrätscht und hat mich umgerissen! Wenigstens ist er vom Platz geflogen!«

»Tut es sehr weh?«, erkundigte ich mich.

»Wie Hölle! Hätte ich mich nicht so verletzt, hätten

wir das Spiel noch gewonnen. Hat uns bestimmt die Tabellenführung gekostet!«

»Soll ich Papa und Mama rufen, damit sie sich deinen Fuß anschauen?«

»Ist nicht nötig«, wehrte Finn ab. »Hab ich schon mal gehabt. Ich muss mich nur schonen, dann ist der Fuß in zwei Tagen wieder in Ordnung. Zu doof, dass wir jetzt die Fahrradtour nicht machen können.«

»Ist nicht so schlimm«, sagte ich. »Hauptsache, du wirst wieder gesund.«

Der Arme. Ich machte mir große Sorgen um ihn. Hoffentlich heilte sein Fuß bald wieder. *Göttin meines Herzens. Du schönster Stern des Universums.* Die Liebesbriefe waren mit einem Mal so unwichtig geworden. So ... so nebensächlich.

FINN Die Bänderdehnung war frei erfunden. Obwohl ich wirklich kurz vor Spielende einen Tritt abbekommen hatte und eine Weile über das Feld gehumpelt war. Ich hatte mich bei dem Spiel so verausgabt, dass mich Jennys Tour bestimmt zum Invaliden gemacht hätte. Dann wäre es mit meiner Fußballerkarriere aus gewesen, bevor sie eigentlich so richtig begonnen hatte. Ich merkte, wie ich müde wurde, und schlief ein.

Ich träumte, wie ich im entscheidenden Spiel um die Kreismeisterschaft ein Dutzend Mal frei vor dem Torwart stand, und jedes Mal, wenn ich schießen wollte, brach ich mit einer anderen Verletzung zusammen. Ein Bänderriss schreckte mich schließlich aus dem Schlaf.

O Mann, was war ich froh, dass alles nur ein Traum gewesen war.

Jenny fragte mich, ob sie mir Badewasser in die Wanne einlaufen lassen solle. Ein Bad täte meinem Fuß bestimmt gut.

Gegen ein kleines Bad hatte ich nichts einzuwenden. Jenny ließ das Wasser einlaufen. Wie rührend sie sich um mich kümmerte.

»Du kannst jetzt in die Wanne!«, rief Jenny aus dem Badezimmer.

Ich erhob mich von der Couch und humpelte zum Bad.

»Warte!«, sagte Jenny und eilte zu mir. »Stütz dich auf meine Schulter!«

Ich nahm das Angebot dankend an. Im Badezimmer roch es wie in einer Parfümerie. Das Wasser war voller Schaum.

»Ich habe etwas Lavendel reingetan«, sagte Jenny. »Ich hoffe, du magst es.«

»Mhm!«, entgegnete ich und hatte plötzlich die zwanghafte Vorstellung, dass es ein grausamer Tod sein muss, in Lavendelwasser zu ertrinken.

Ich begann mich auszuziehen. Jenny schaute mir zu. Dass ich mit nacktem Oberkörper vor ihr stand, war nicht das Problem, das Problem war die Trainingshose, die ich noch anhatte. Die musste ich zwangsläufig ausziehen, wenn ich in die Wanne steigen wollte.

»Ähm, den Rest schaffe ich schon allein«, sagte ich zu Jenny.

Jenny riss ihre Augen von meinen Händen los. Sie sah

mich ganz merkwürdig an. Es war einer von diesen Blicken, bei denen man sich nicht wundern sollte, wenn die Erde plötzlich aufhört sich um die eigene Achse zu drehen.

»Ist das Wasser so, wie du es gern hättest?«, erkundigte sich Jenny.

Ich langte mit einer Hand in die Wanne. »Ist genau richtig!«

»Nicht zu heiß?«

»Nein.«

»Ruf mich, wenn du mich brauchst«, sagte Jenny.

»Klar!« *Zum Rückenschrubben!*

Jenny verließ das Badezimmer. Ich zog mich gänzlich aus, stieg in die Badewanne und lehnte mich zurück. Ah, tat das gut! Ich begann zu begreifen, was für ein wunderbares Leben ich führte. Und dass ich dies einer einzigen Person verdankte: Jenny. Und meiner Fantasie, um ein letztes Mal die Bänderdehnung ins Spiel zu bringen.

Yeah, was für ein starkes Wochenende! Voll nach meinem Geschmack!

Bloß der Kurier

JENNY Ich hatte so sehr gehofft, ich könnte mich wieder ganz auf Finn und unser Zusammenleben konzentrieren. Aber dann hatte mir der Unbekannte wieder einen Brief in die Schultasche gesteckt. O Gott!

Jenny! Du Einzigartige! Ich würde so gern den Mond umkreisen, im Pazifik auf den Delfinen reiten, im Atlantik mit den Walen spielen. Ich möchte im Himalaya nach dem Yeti suchen, ein Jahr bei den Indianern im Regenwald leben und im Meer nach Atlantis tauchen. Das alles würde ich so gern tun. Aber nur mit dir!
DdlL

Melli schmolz wieder dahin wie Spaghettieis in der Mittagssonne. Sie saß seufzend da und malte Herzchen, und wenn sie gerade keine Herzchen malte, schaute sie verträumt aus dem Fenster.

DdlL. Wer konnte das nur sein? Ich ließ meine Blicke immer und immer wieder durch die Klasse schweifen.

Ich wollte und konnte es nicht begreifen, dass einer von den Jungen dieser DdlL sein sollte. Keiner von ihnen war mein Typ. Mit keinem von ihnen wäre ich jemals freiwillig auf einem Delfin geritten oder hätte ich den Mond umkreist. Nicht in dieser Welt und auch nicht in einer anderen. Und trotzdem musste es einer von ihnen sein. Was für ein deprimierender Gedanke! Warum ich? Warum ausgerechnet ich?

Ich war fest entschlossen den Delfinreiter zu entlarven. Ich musste nur aufpassen, wer sich vor oder nach den großen Pausen an meiner Tasche zu schaffen machte. Melli wollte mir helfen. Ich hatte drei Briefe bekommen. Drei Briefe hintereinander. Wenn dem Delfinreiter/Mondumkreiser/Yetisucher die Einfälle nicht ausgegangen waren, müsste ich spätestens am darauf folgenden Tag den vierten Brief erhalten.

Am nächsten Tag konnte ich es kaum abwarten, bis die Mathestunde vorüber war. Endlich gongte es zur ersten großen Pause. Melli und ich waren eine der Ersten, die den Klassenraum verließen. Doch statt auf den Schulhof zu gehen hielten wir uns am Ende des Ganges auf. Als der Gang fast leer war, schlichen wir zu unserem Raum zurück. Mein Herz klopfte mehr, als mir lieb war.

Die Tür zum Klassenraum stand weit offen. Ich lehnte mich vorsichtig an den Türrahmen und spähte in den Raum. Was ich sah, versetzte mir einen Schock. Die schlimmste aller Befürchtungen war eingetreten. Vor Entsetzen zog ich meinen Kopf zurück.

Melli reagierte nicht weniger bestürzt, als sie einen Blick in den Klassenraum warf. Um keinen verräterischen Laut von sich zu geben, hielt sie sich die Hand vor den Mund.

Am liebsten wäre ich fortgerannt. Aber ich wusste, dass es keine Lösung war. Ich musste mich dem Problem jetzt stellen, ob ich wollte oder nicht. Ich gab Melli ein Zeichen, dann stürmten wir in unser Klassenzimmer.

»Was machst du da?«, schrie ich.

Markus kniete gerade vor meiner Tasche. Er schreckte hoch und knallte dabei mit dem Kopf gegen die Schulbank. Ausgerechnet Markus! Ausgerechnet der, den ich als Letztes auf meiner Rechnung hatte. Hoffentlich hatte er eine Schädelprellung erlitten und musste für ein halbes Jahr ins Krankenhaus.

»Was machst du an meiner Tasche?«

»Ähm ... ich suche ... meinen Radiergummi«, stammelte er und rieb sich den Kopf.

»In meiner Tasche? Ich werde dir sagen, was du an meiner Tasche gewollt hast! Du hast etwas reingetan!« Ich hatte den Brief in seiner Hand deutlich gesehen. Ich kramte in meiner Tasche und prompt fand ich den Umschlag. Wie immer war mein Name darauf geschrieben.

»Und was ist das?«, fragte ich Markus und fuchtelte mit dem Brief vor seinem Gesicht herum.

»Keine Ahnung!«, stellte er sich dumm.

»Das ist bereits der vierte Brief, den du mir geschrieben hast!«, half ich ihm auf die Sprünge. »Was fällt dir ein mir Liebesbriefe zu schreiben! Glaubst du, ich leide an Geschmacksverirrung und würde mit einem wie dir gehen? Was du tust, ist Psychoterror! Mobbing! Ich zeige dich an! Ich schicke dir die Frauenliga auf den Hals!«

»Okay! Okay!«, stammelte Markus. »Ich gebe zu, ich habe dir die Briefe zugesteckt! Aber ich habe sie nicht geschrieben! Ich bin bloß der Kurier! Ehrlich! Ich schwör's!«

Melli und ich glotzten uns verdattert an.

»Wer hat die Briefe dann geschrieben?«, fand ich meine Sprache wieder. Ich blickte Markus scharf an.

»Ich weiß nicht!«, behauptete er.

»Du lügst!«

»Ich meine, ich kann's dir nicht sagen! Ich darf nicht! Ich hab's versprechen müssen!«

»Ist es jemand aus der Klasse?«

»Nein, niemand aus der Klasse!«, antwortete Markus.

Puh! Die Sorge war ich los! Vorausgesetzt er hatte die Wahrheit gesagt. »Wer dann?«, setzte ich ihn weiter unter Druck.

Doch Markus wäre lieber gestorben als mir den Namen zu verraten.

Ich hatte genug und sagte: »Richte deinem Auftraggeber aus, dass ich es nicht leiden kann, wenn man mir heimlich Briefe zusteckt! Und dass er ein Feigling ist, weil er sich hinter einem Kurier versteckt! Und jetzt verzieh dich!«

Markus verzog sich und ich öffnete widerstrebend den Brief.

Jenny, du Schöne, du Juwel!
Bevor wir den Mond umkreisen oder auf Delfinen reiten, wollte ich dich fragen, ob du Lust hättest, mit mir zum Richie-Konzert zu gehen? Ich habe zwei Karten, eine für mich und eine für dich. Bist du interessiert? Ich melde mich wieder, du Sonne meines Herzens.
DdlL

»Ich glaub's nicht!«, seufzte Melli. »Eine Karte für das Richie-Konzert!«

Das Konzert war in einer Woche und ich sollte plötzlich die Gelegenheit haben, dort hinzugehen! Mir wurde mit einem Mal richtig schwindelig.

»Aber das kannst du jetzt vergessen«, sagte Melli vorwurfsvoll, »nach dem, was Markus deinem heimlichen Verehrer von dir ausrichten soll!«

O Gott, ja! Der Traum war schneller vorüber, als ein Luftballon platzen kann. *Schade! Schade? Spinnst du, Jenny? Wie kannst du auch nur einen einzigen Gedanken daran verschwenden, mit einem Unbekannten in ein Konzert zu gehen!* »Denkst du etwa, ich wäre auf den Vorschlag eingegangen?«, entgegnete ich empört. »Ich würde Finn niemals betrügen!«

»Für Richie würde ich alles tun!«, seufzte Melli.

FINN Meine Bänderdehnung war ausgeheilt. Logisch. Also konnte ich auch wieder beim Training mitmachen. Wie immer machten wir zum Schluss ein Spiel.

»Mann, wieso gibst du nicht ab?«, schrie ich. »Das Ding wäre drin gewesen!«

Typisch Raffael! Immer musste er alles allein machen. Mit seiner egoistischen Spielweise konnte er einen zum Wahnsinn treiben. Wir spielten sechs gegen sechs und lagen eins zu zwei zurück.

Marc, aus der anderen Gruppe, hatte den Ball und rannte damit unbehelligt über das halbe Feld.

»Greif ihn an!«, schrie Raffael. »Greif ihn an!« Er meinte Daniel.

Daniel griff an. Genauso gut hätte er sich nach einem Kleeblatt bücken können. Die Wirkung auf den Gegner wäre die gleiche gewesen. Marc hatte keinerlei Mühe mit ihm.

Plötzlich sah ich Jenny. Sie kam mit ihrem Rad. Ihr Anblick wirkte auf mich wie Doping, neue, nicht für möglich gehaltene Energie floss durch meinen ausgelaugten Körper. Ich war so fit wie ein Reservespieler, der zwei Minuten vor Ende der Spielzeit noch zum Einsatz kommt.

Jenny hatte mich noch nie kicken gesehen. Jetzt konnte ich ihr endlich zeigen, mit welch begnadetem Fußballer sie ihr Leben teilte.

Ich legte mich voll ins Zeug, kämpfte, als ging es um die Kreismeisterschaft. Ich warf mich in die Bälle, schlug brillante Flanken, machte einen herrlichen Fallrückzieher, der leider im Aus landete, gab Anweisungen, mit denen vor allem Daniel überfordert war, und schoss aus allen Lagen. Als Marc und ich bei einem Kopfballduell mit den Schädeln zusammenknallten, fiel ich zu Boden. Ich sah

Sterne und dachte, jetzt ist es aus mit dir, und wünschte, Jenny käme herbeigeeilt, weil ich mir nichts Schöneres vorstellen konnte als in ihren Armen zu sterben. Jenny aber kam nicht und das war gut so, denn ich hatte erkannt, dass es ein paar Jährchen zu früh war, um ins Gras zu beißen, rappelte mich auf und kämpfte mannhaft weiter.

JENNY Ich war noch bei Melli gewesen, aber dann hatte ich Sehnsucht nach Finn. Melli wollte nicht mit, also bin ich allein zum Sportplatz gefahren. Finn war oft am Ball und er schoss sogar ein Tor. Ich war ganz stolz auf ihn. Trotzdem ließ meine Aufmerksamkeit nach und ich versank in Gedanken. Ich war durcheinander und das war der eigentliche Grund, weshalb ich unbedingt in Finns Nähe sein wollte.

Markus hatte wieder Kurier gespielt und mir am Morgen eine Nachricht meines Verehrers in die Hand gedrückt. Zwar gingen mir die Briefe nicht aus dem Kopf, aber insgeheim hatte ich den Absender für immer abgeschrieben. Und jetzt wollte sich DdlL mit mir treffen! Morgen um halb fünf im Park. Beim Pavillon. O Gott! Dann könnte ich herausfinden, ob er wirklich ein Feigling sei, hatte er geschrieben. Die Karte für das Richie-Konzert würde er mir schenken, so dass ich auch ohne seine Begleitung hinkönnte. Er wolle sich auf diese Weise dafür entschuldigen, dass ich mich über ihn so geärgert hätte.

Melli hatte gemeint, dass ich mich auf jeden Fall mit DdlL treffen sollte und ich dumm wäre, wenn ich die

Karte nicht annehmen würde. Die Chance, Richie live zu erleben, würde ich sonst nie wieder kriegen. Melli hatte gut reden. Sie war solo und lebte nicht mit dem Mann ihres Herzens unter einem Dach. Was sollte ich nur tun?

Der betrogene Ehemann

FINN Ich hatte es mir angewöhnt, Jenny zu wecken, wenn ich im Badezimmer fertig war. Ich stellte den Wecker ab und wollte aus dem Bett steigen, da sah ich, dass sie bereits wach war. Die Überraschung hätte nicht größer sein können.

»Morgen«, sagte sie und lächelte matt.

Sie war nicht nur wach, sie hatte sogar ein nettes Wort gesagt und dazu gelächelt. Unglaublich!

»Du kannst noch liegen bleiben!«, sagte sie. »Heute gehe ich zuerst ins Bad.«

Ich blieb fassungslos liegen. Was war mit Jenny los? Hatte sie endlich eingesehen, dass es mit ihrer allmorgendlichen Muffeligkeit so nicht weitergehen konnte? Dass auf diese Weise jeder Ehemann irgendwann die Flucht ergreift? War sie dabei, sich zu ändern? Es sah fast danach aus. Auf einmal spürte ich etwas in mir, was ich morgens lange vermisst hatte, zumindest seit Jenny und ich unter einem Dach lebten, und was das Aufstehen viel angenehmer macht: die Zuversicht, dass der angebrochene Tag einen schönen und erfolgreichen Verlauf nehmen könnte.

Jenny kam zurück und ließ mich wissen, dass das Badezimmer nun frei wäre. Ich beeilte mich. Je weniger Zeit ich mit Zähneputzen und Kämmen zubrachte, umso eher war ich bei Jenny. Sie hatte sogar den Frühstückstisch gedeckt. Die Chancen auf einen schönen Tag hätten nicht besser sein können.

»Möchtest du einen Toast?«, fragte mich Jenny.

»Zwei!«, antwortete ich. So fürsorglich war sie morgens noch nie zu mir gewesen.

Jenny selbst frühstückte mal wieder nichts. Nur auf ihren Kakao wollte sie nicht verzichten, fand aber die Kakaodose nicht. Sie guckte in jeden Schrank und wurde von Mal zu Mal hektischer. Ich half ihr beim Suchen und entdeckte die Dose auf Anhieb. Sie hatte dort gestanden, wo sie immer stand. Trotzdem wollte sich die Hektik bei ihr nicht legen. Ein Großteil des Kakaopulvers landete auf dem Tisch, und als sie die Milch in den Becher goss, schüttete sie die Hälfte daneben.

Ich musste lachen. »Schreibt ihr heute einen Test?«, fragte ich sie.

»Wieso?«

»Na, weil du so nervös bist!«

»Ich bin nicht nervös!«

Sie nahm einen Lappen, um den Tisch abzuwischen. Als sie den Becher anhob, verschüttete sie noch mehr.

»Stimmt, du bist nicht nervös«, sagte ich. »Du bist die Ruhe selbst.«

Bevor wir aufbrachen, musste Jenny noch mal aufs Klo. Sie ließ sich eine Menge Zeit. Dann kam sie endlich und wir konnten das Haus verlassen. Plötzlich fiel ihr ein, dass sie ihre Mathesachen vergessen hatte, und sie lief zurück. So chaotisch hatte ich sie noch nicht erlebt. Aber eine chaotische Jenny war mir zehnmal lieber als eine, die morgens nur rummuffelte und einem die Laune verdarb.

JENNY Ich kam aus der Schule und erzählte Finn, dass Melli und ich eine Wandzeitung vorbereiten müssten. Für Englisch. Es war das erste Mal, dass ich Finn bewusst belog. Ich fühlte mich so elend, dass ich mich beinahe ins Badezimmer eingeschlossen hätte, weil mir zum Heulen zumute war.

Um vier hielt ich es nicht mehr aus und schnappte mein Fahrrad. Ich war aufgeregt, als hätte ich ein Rendezvous. Hatte ich auch. Mit DdlL. Allerdings war es kein richtiges Rendezvous. Ich war ja nicht verliebt in ihn. Ich hatte fast die ganze Nacht wach gelegen und überlegt, ob ich meinen Delfinreiter im Park treffen sollte und ob ich Finn dann betrügen würde. Es war ein fürchterlicher Gedanke, Finn zu hintergehen, und mir wurde jedes Mal schlecht. Andererseits sagte ich mir, dass ich ein Recht darauf hatte, endlich in Erfahrung zu bringen, wer hinter diesen irren Briefen steckte. Und da war ja noch die Karte für das Richie-Konzert. Einmal in meinem Leben Richie live erleben! Was konnte Finn schon dagegen haben? Er brauchte doch nicht zu wissen, von wem ich die Karte hatte.

Ich hatte noch Zeit und fuhr planlos durch die Gegend, blieb aber in der Nähe des Parks. Kurz vor halb fünf bog ich in den Park ein. Schon von weitem sah ich den weißen Pavillon. Am liebsten wäre ich umgekehrt. Von DdlL war nichts zu sehen. Ich stieg vom Rad und setzte mich in das Häuschen. Ich kam mir vor, als wartete ich auf meinen Geliebten. *Bist du noch zu retten, Jenny?* Ich geriet in Panik und wollte weg, raus aus dem Park. Ich sprang auf und plötzlich stand er vor mir. Es hätte nicht viel gefehlt und ich wäre mit ihm zusammengeprallt.

Ich starrte ihn an. Er grinste verlegen zurück.

»Du siehst echt super aus!«, sagte er.

Es war Lennard! Lennard aus der Theater-AG vom letzten Jahr. Einer von den wenigen Jungen, bei denen man nicht gleich einen Ausschlag oder Brechreiz bekam, wenn sich zufällig die Blicke kreuzten.

»Gar nicht!«, entgegnete ich. Ich glaube, ich wurde rot. Wie peinlich! Ich hatte mir ein wenig das Haar gefärbt und mein schönstes Kleid angezogen, sonst trug ich immer nur Hosen – Finn hatte sich zum Glück mit Raffael verabredet, sonst hätte er sich vielleicht über mein Aussehen gewundert –, aber besonders schick fand ich mich deswegen nicht.

»Neu?«, fragte Lennard.

Mein Gesicht muss einem Fragezeichen sehr geähnelt haben.

»Das Kleid!«, meinte Lennard.

»Habe ich bei *York* gekauft!«, sagte ich. *Was redest du da?* Das Kleid hatte Mama aus dem Katalog bestellt.

Aber *York* hörte sich besser an. Dort einzukaufen war momentan in.

Wir setzten uns auf die Bank.

»Bist du mir noch böse?«, fragte Lennard.

Ich hatte mir vorgenommen dem Unbekannten deutlich zu machen, dass ich bereits vergeben war und kein Interesse daran hatte, meine Beziehung zu Finn wegen eines anderen Jungen aufs Spiel zu setzen.

Merkwürdig, jetzt, wo ich wusste, dass Lennard die Briefe geschrieben hatte, drückte ich mich darum, Klartext zu reden. Ich schüttelte den Kopf ohne ihn anzusehen. Nein, ich war ihm nicht böse, jedenfalls nicht mehr.

»Dann würdest du gemeinsam mit mir zum Richie-Konzert gehen?«, fragte Lennard voller Hoffnung.

Was sollte ich nur darauf antworten? Lust hätte ich schon gehabt! Aber es ging nicht. Wegen Finn! Wie konnte ich Lennard das verständlich machen ohne ihn zu verletzen? Es müsste Worte geben, die niemandem wehtun. Vielleicht gibt es diese Worte sogar, nur fielen sie mir nicht ein.

Lennard musste mir angemerkt haben, dass ich mit seiner Frage Schwierigkeiten hatte. »Du musst jetzt nicht antworten«, meinte er.

Ich bemühte mich zu lächeln, doch es war ein sehr verunglücktes Lächeln.

Es entstand eine Pause, eine von denen, wo man in dem bewussten Augenblick am liebsten woanders sein möchte, wo man sich auf jeden Fall sicherer fühlt und nicht so wie auf einer Hängebrücke über einem reißenden Fluss. *Los, Jenny, mach den Mund auf! Rede!* »Was bedeutet eigentlich DdlL?«, fragte ich Lennard schließlich.

Lennard druckste eine Weile herum. »Ich schreibe es dir auf die Bank«, sagte er, nachdem sich die Erde um was weiß ich wie viel Grad gedreht hatte. »Du darfst aber nicht lachen!«

Ich versprach es ihm.

Lennard zückte einen Edding aus seiner Schlabberhose, schrieb etwas auf die Bank und rückte beiseite.

Ich stand auf und las: Dein dich liebender Lennard. Meine Knie wurden ganz weich, das Herz schlug mir bis zum Hals und in meinem Kopf herrschte ein Nebel, so dass die Gedanken wie blind umherirrten.

Ich lächelte etwas hilflos.

»Du hast versprochen nicht zu lachen!«, sagte Lennard.

»Ich lache dich ja nicht aus!«, entgegnete ich. Ich setzte mich wieder hin. Mir wurde schlecht. Schlecht, weil mir schlagartig klar geworden war, dass ich etwas sagen musste, etwas Klärendes, etwas, was Lennard sicher nicht gefallen würde – und mir womöglich auch nicht –, bevor eine Situation entstand, die ich nicht mehr überblickte und weswegen ich vielleicht so schnell nicht wieder froh sein würde.

»Du hast wirklich wunderschöne Briefe geschrieben«, fing ich an. War das schwer! »Aber ich lebe schon mit jemand anderem zusammen.« *Aber ich lebe schon mit jemand anderem zusammen!* Schonender hättest du es ihm wohl nicht beibringen können. Lennard musste jedes Wort wie einen Keulenschlag empfunden haben. Ich war drauf und dran den Satz zu widerrufen, zumindest jedoch erste Hilfe zu leisten.

»Ich weiß«, sagte Lennard. »Du kannst die Karte für das Richie-Konzert trotzdem haben!« Er holte seinen Geldbeutel heraus und hielt mir wenig später die zusammengeknickte Karte hin.

Der Traum meines Lebens! Zum Greifen nah! Ich bekam ein schlechtes Gewissen. »Das wäre nicht fair«, sagte ich. Ich musste mich beherrschen, dass ich ihm die Karte nicht aus der Hand riss.

»Ich habe dir geschrieben, dass du sie haben kannst, auch wenn wir nicht zusammen in das Konzert gehen«, beharrte Lennard. »Ich mag vielleicht ein Feigling sein, aber ein Lügner bin ich nicht!«

»Du bist kein Feigling«, sagte ich. *Wer so wahnsinnig schöne Briefe schreibt!* Ich überwand mein Gewissen mit den Mühen eines Bergsteigers und nahm die Karte an mich. »Danke!«, sagte ich. Beinahe hätte ich ihm einen Kuss gegeben.

FINN Ich war früher vom Fußballspielen zurückgekommen. Raffael hatte mal wieder unbedingt zeigen müssen, dass sein soziales Verständnis nicht weiter entwickelt war als das eines Handtaschenräubers. Er war mit einer Entscheidung nicht einverstanden gewesen, hatte beleidigt den Ball geschnappt und war nach Hause gefahren. Raffael war und blieb ein Idiot. Da wir nun ohne Ball dastanden, hatte sich die Runde nach und nach aufgelöst.

Jenny war bei Melli. Wegen irgendeiner Wandzeitung. Ich überlegte, ob ich mich mit meinem Gameboy beschäftigen sollte – ich hatte schon lange keinen Rekord mehr aufgestellt. Dann aber lachte mich der Fernseher so verlockend an. Ich musste an die Abmachung denken: eine Woche lang kein Fernsehen. Allerdings hatten wir nicht abgemacht, dass einer nicht gucken darf, wenn er ganz allein war. Was sollte Jenny schon dagegen haben, wenn ich vor dem Fernseher saß? Es konnte sie unmöglich stören.

Ich ging um das Sofa herum, dabei stieß ich Jennys Schultasche um, so dass ein Teil ihrer Bücher und Mappen herausfiel. Ich wollte alles in die Tasche zurücktun, als ich die Briefe entdeckte. Zuerst dachte ich, die Briefe stammten von Melli. Mädchen sind ja so verrückt und schreiben sich gegenseitig Briefe, obwohl sie sich mindestens fünfundzwanzigmal am Tag sehen. Es wäre eine wunderbare Gelegenheit gewesen, herauszufinden, was Mädchen sich so Wichtiges mitzuteilen haben. Vielleicht hatte Melli ja etwas über mich geschrieben.

Plötzlich kamen mir Skrupel. Jenny wäre niemals einverstanden gewesen mit dem, was ich vorhatte. Andererseits musste es etwas zu bedeuten haben, dass ich über ihre Tasche gestolpert und auf die Briefe gestoßen war. Wahrscheinlich bedeutete es: *Lies sie! Und dann steck sie weg und tu so, als wäre nichts geschehen.* Ich meine, was hätte es sonst bedeuten sollen?

Ich zog den Brief aus dem Umschlag, begann zu lesen ... und war geschockt! Ein nie gekannter Schwindel erfasste mich, als wütete ein Hurrikan dort, wo die Ahnungslosigkeit noch Sekunden vorher die Oberhand hatte! *Jenny, Göttin meines Herzens ...* Es war ein Liebesbrief! Ein Liebesbrief an Jenny! Jenny hatte einen Geliebten! Ich war außer mir. Mit zittrigen Händen las ich die anderen Briefe. *Jenny, du schönster Stern des Universums! ... Du bist das Mädchen, das ich ein Leben lang lieben könnte ... Jenny, du Schöne, du Juwel! ... hättest du Lust, mit mir zum Richie-Konzert zu gehen?...* Richie! Aarrh! Nicht schon wieder! Hier hielt ich den Beweis in der Hand, dass Jenny mich betrog. O Mann, ich hatte einen Hals so dick wie eine tausendjährige Eiche. *Jenny, Herzblatt, wenn du herausfinden willst, ob ich wirklich ein Feigling bin, dann komme morgen um halb fünf in den Park zum Pavillon. Die Karte für das Richie-Konzert habe ich dabei... DdlL.*

Morgen? Der Brief enthielt zum Glück ein Datum. Ich rannte hinüber zu Silke.

»Den Wievielten haben wir heute?«, fragte ich sie.

Sie nannte mir das Datum.

Morgen war heute! War jetzt. Jenny war überhaupt nicht bei Melli! Sie hatte mich belogen! Und ich Idiot hatte von all dem nichts gemerkt. Ich sah auf die Uhr. Kurz vor sechs! Seit eineinhalb Stunden war sie mit ihrem Liebhaber zusammen!

»Verdammt!«, murmelte ich.

»Ist was passiert?«, erkundigte sich Mama.

Die Welt ging gerade unter und sie fragte mich, ob was passiert wäre! »Die Sonne!«, antwortete ich.

»Was ist mit der Sonne?«

»Sie ist zu Eis geworden und fällt gleich vom Himmel!« Es klang vielleicht ein wenig melodramatisch, aber die Beschreibung spiegelte ungefähr meine Stimmung wider. Ich ließ Mama stehen, rannte zu meinem Mountainbike und heizte zum Park, wobei mir die Straßenverkehrsordnung so ziemlich egal war.

Ich hatte nur eines im Sinn: Jenny zur Rede zu stellen und ihr meine Wut und meine Enttäuschung ins Gesicht zu schreien. Warum betrog sie mich? W A R U M?

Jenny war nicht mehr beim Pavillon. Ich drehte fast durch. Ich suchte den ganzen Park nach ihr ab. Nach ihr und diesem DdlL (was sollte die schwachsinnige Abkürzung überhaupt bedeuten?)! Ich hatte keinerlei Vorstellung, was ich mit ihrem dämlichen Liebhaber anstellen würde. Meine ganze Wut galt Jenny. Meine Gedanken kreisten nur um sie. Von mir aus konnte dieser Schleimer sein Herzblatt haben! Sollte er doch mit ihrem Putzfimmel klarkommen und sehen, was für ein Martyrium es bedeutet, mit einer Göttin verheiratet zu sein, die kein Fleisch mochte und eine Salamipizza für so appetitlich hielt wie einen Eimer voll Pferdeäpfel.

Je länger ich nach Jenny suchte, umso tiefer fraß sich die Wut. Ich hätte ihr so gern die Meinung gegeigt! Jetzt! In dieser Sekunde! Und nicht erst, wenn die Göttin geneigt war aufzutauchen.

Ich fuhr nach Hause, hockte mich vor den Fernseher und wurde noch unruhiger. Ich entschied mich für eine CD von *Three Boys'n Trouble,* hatte aber schon nach wenigen Akkorden genug. Also ging ich hinaus und spielte etwas Basketball. Ein, zwei Fehlversuche und das Korbballwerfen ödete mich an. Wann kam diese Betrügerin endlich zurück? Ich hielt nach ihr Ausschau, wobei mein Blick auf die Eiche fiel, unter der wir uns zum ersten Mal geküsst hatten. Am liebsten hätte ich den blöden Baum gefällt und zu Kaminholz zerhackt.

Und dann kam sie! *Die Göttin!* Ich schluckte ein paar Mal und zwang mich, nicht die Kontrolle über meine Nerven zu verlieren. Es kostete mich mehr Energie als ein Marathonlauf.

»Bist du schon lange da?«, erkundigte sich Jenny.

Mein Herz sprang fast aus der Verankerung, mit solch einer Wucht traf mich ihre Scheinheiligkeit. »Wie war's bei Melli?«, entgegnete ich und musste aufpassen, dass sie nicht jeder Buchstabe wie ein Wurfmesser traf.

»Ein Glück, wir haben die Wandzeitung fertig!«, stöhnte Jenny.

Göttin meines Herzens! Lügnerin! »War DdlL auch dabei?«, fragte ich sie und fixierte sie wie ein hungriger Tiger eine grasende Antilope. Mein Herz schlug bis zum Hals und höher.

Jenny erstarrte und eine Kälte ging von ihr aus, dass ich vermutlich erfroren wäre, wäre mir vor Wut nicht so mächtig heiß gewesen. »Du hast die Briefe gelesen!«, schrie sie mich auf einmal an. »Wie konntest du nur so etwas Gemeines tun?«

Nein, Jenny! Diesmal nicht! Diesmal bin ich nicht das Schwein! »Wer von uns beiden ist denn der Gemeine?«, fuhr ich sie an. »Wenn ich nicht über deine blöde Tasche gestolpert wäre, hätte ich nie erfahren, dass du mich betrügst!«

»Mit Lennard ist überhaupt nichts gewesen!«, beteuerte Jenny.

Lennard hieß also der Schleimer! Ich kannte keinen Lennard. »Nichts gewesen, ja, ja! Du triffst dich heimlich im Park mit diesem Delfinspinner und willst mir erzählen, dass zwischen euch nichts gewesen ist! Für wie dämlich hältst du mich eigentlich?« Ich musste weg! Weg von Jenny und ihrem heuchlerischen Getue! Ich stapfte zu meinem Mountainbike, das ich nach der Rückkehr aus dem Park in die Büsche gepfeffert hatte, und fuhr davon. Wohin war mir egal. Die Hauptsache, Jenny war aus meinem Gesichtsfeld verschwunden.

Scheiden tut weh

JENNY O Gott, das hatte ich nicht gewollt! *Du blöde, eitle Kuh, du!* Ich rannte ins Haus und entdeckte die Briefe auf dem Tisch. Finn musste sie dort hingelegt haben. Weil ich nicht wusste, was ich machen sollte, warf ich mich auf das Sofa und fing an zu heulen. Ich war traurig wie noch nie in meinem Leben, bis auf das eine Mal vielleicht, als Rudi, mein Meerschweinchen, gestorben war. Da ging ich noch in den Kindergarten. Aber Finn war kein Meerschweinchen. Finn war mein Mann! Der Sinn meines Lebens! Der Mittelpunkt der Welt! Meine Zukunft! *Du blöde Kuh! Du hast alles vermasselt!*

Ich richtete mich langsam auf und starrte auf die Briefe. Ich rang mit mir, ob ich sie zerreißen oder sie zurück in die Schultasche stecken sollte. Ich sah das Gesicht von Lennard vor mir, wie wir im Pavillon saßen und uns noch eine Weile über das Richie-Interview unterhielten, das er sich als echter Richie-Fan nicht hatte entgehen lassen. Sich mit Finn über Richie zu unterhalten war ja wegen seiner Eifersucht auf ihn leider nicht möglich. Die Unterhaltung mit Lennard war einfach nur schön. Mehr nicht. Ich liebte ihn nicht. Ich liebte Finn. Das war auch der Grund, weshalb ich nicht wollte, dass Lennard und ich gemeinsam – wie ein Pärchen – das Konzert besuchten. Ich könne ihn jederzeit anrufen, hatte Lennard zum Abschied noch gemeint. Ich hatte ihn nur angelächelt. Jetzt weiß ich, dass ich Nein hätte sagen müssen. Um jegliches Missverständnis zu vermeiden. Melli, zu der ich anschließend noch kurz gefahren war, fand das natürlich alles cool. Hätte ich nur nicht auf sie gehört!

Ich nahm die Briefe und zerriss sie, zumindest tat ich es in der Fantasie. In Wirklichkeit zerriss ich nur einen und steckte ihn mit den anderen zurück in die Tasche. Ich wollte später entscheiden, was mit ihnen geschehen sollte. Jetzt war ich einfach zu keiner vernünftigen Entscheidung fähig. Die Karte für das Richie-Konzert legte ich in meine gelb-schwarze Pappbox, wo ich all die vielen Briefe von Melli aufbewahrte. Dort würde sie bleiben, bis weit über das Verfallsdatum hinaus, denn ich hatte nicht die Absicht, von der Karte jemals Gebrauch zu machen. Finn war wichtiger als das blöde Konzert! Wenn er doch nur schon wieder zurück wäre. Hoffentlich tat er sich nichts an!

FINN Jetzt war mir auch klar, weshalb sie heute morgen so nervös war. Wegen diesem Schleimer! Aaaahh, was war ich doch für ein Idiot! *Verräterin! Ehebrecherin!*

Ich trat in die Pedale und legte eine immer größere Entfernung zwischen mich und Jenny. Ich würde nicht mehr zurückkehren. Nie wieder! Jedenfalls nicht vor morgen früh! Sollte sie doch glauben, mir wäre etwas Schlimmes passiert. Zum Beispiel, dass mich ein Auto überfahren hätte und ich jetzt im Krankenhaus läge – auf der Intensivstation, wo die Ärzte verzweifelt um mein Leben kämpften. Sie wäre schuld an meinem Tod und würde sich deswegen ewige Vorwürfe machen. Ich konnte richtig sehen, wie sie litt. Trotzdem waren diese Bilder nur ein schwacher Trost für mich. Ich war nicht tot. Ich lebte schließlich!

Es begann zu regnen. Doch der Regen hielt mich nicht auf. Von mir aus hätte es hageln können, es hätte mir nichts ausgemacht. Was war schon ein bisschen Regen gegen den brennenden Schmerz, den ich empfand? Jenny hatte mich gedemütigt. Mich, der ich sie um den halben Erdball getragen hätte, wenn sie mich darum gebeten hätte. Aber die *Göttin* zog es ja vor, mit ihrem Delfinheini den Mond zu umkreisen. Sollte sie doch! Sollten sie doch auf ihren blöden Delfinen reiten und im Meer ertrinken! Nie wieder würde es zwischen Jenny und mir so sein wie früher! Und plötzlich wusste ich, dass es auf ihre Demütigung nur eine Antwort gab: Scheidung! Jawohl, ich würde mich von Jenny, von dieser Ehebrecherin, scheiden lassen!

Es regnete stärker und bald war ich nass bis auf die Knochen. Ich entschied nach Hause zurückzukehren. Jenny sollte sehen, zu welchen Taten ein Mann fähig war, der von seiner Frau belogen und betrogen wurde und die ihm mit ihrem grenzenlosen Egoismus ein gewaltiges Leck ins Herz geschlagen hat. Außerdem hätte es keinen Sinn mehr gemacht, die Nacht woanders zu verbringen, nicht jetzt, da ich eine angemessene Antwort auf ihren Ehebruch gefunden hatte.

»Du bist ja ganz durchnässt!«, empfing mich Jenny und kam ein paar Schritte auf mich zu.

Wie sie mich ansah! Früher hätte mich ihr reumütiger Blick erweicht, doch nach dem, was sie mir angetan hatte, fiel ich auf solch einen billigen Trick nicht mehr herein.

Ohne sie weiter zu beachten setzte ich mich – pitschnass wie ich war – in den Sessel und schaltete per Fernbedienung den Fernseher ein. Ich konnte gucken, wann ich wollte! Und was ich wollte! Außerdem zählten Abmachungen mit Ehebrecherinnen nicht!

»Willst du dich nicht lieber umziehen?«, fragte mich Jenny. »Du könntest dir eine Lungenentzündung holen.«

Na und?

»Ich hole dir ein Handtuch!«, sagte Jenny und kam mit einem Badehandtuch zurück. Sie hielt es mir hin. Ich ignorierte es. Daraufhin legte sie es auf die Sessellehne, wo es von mir aus vergammeln konnte.

»Am besten, ich mache dir einen heißen Kakao!«, sagte Jenny.

Du kannst dich bemühen, wie du willst! Es ändert nicht das Geringste!

Wenig später stand ein heißer Kakao vor mir. Es ärgerte mich, dass Jenny glaubte, sie bräuchte mich nur ein bisschen zu bemuttern und schon würde ich ihr aus der Hand fressen. *Nicht mit mir, Verehrteste!* Es wurde Zeit, dass ich ihr meinen Entschluss mitteilte, den ich im Regen gefasst hatte. »Ich werde mich übrigens scheiden lassen!«, sagte ich und fühlte mich dabei wie der Pyrotechniker eines gigantischen Feuerwerkes.

JENNY Mein Herz schrie auf, als hätte es jemand gegen eine Felswand geworfen. Nur keine Scheidung! Bitte, bitte, keine Scheidung!

»Ich werde Lennard ganz bestimmt nicht wieder sehen!«, beteuerte ich.

»Das ist schon wieder eine Lüge!«, entgegnete Finn. »Zufällig geht ihr in dieselbe Schule!«

Daran hatte ich überhaupt nicht gedacht. »Aber ich werde mich nie wieder mit ihm treffen! Ich schwöre es!«

Finn stieß einen verächtlichen Ton aus. Mir schnürte es regelrecht die Kehle zu. »Ich liebe dich doch!«, stammelte ich und die Tränen flossen nur so an mir herunter.

»Ich habe kein Vertrauen mehr zu dir!«, sagte Finn.

Gib mir noch eine Chance! Bitte! »Es war doch so schön mit dir!«

»Ja! War!«, sagte Finn hämisch und stand auf.

Neiiin! Ich habe es nicht so gemeint! Finn! Es darf nicht aus sein!

Finn ging kurz ins Schlafzimmer, kam mit trockener Kleidung in den Händen wieder heraus und sperrte sich im Badezimmer ein.

»Finn!«, rief ich durch die geschlossene Tür. »Du wolltest vier Trillionen Jahre mit mir zusammen sein! Du hast es mir versprochen!«

Hinter der Tür blieb es still. »Denk an Papa und Mama und an den Triumph, den sie haben werden, wenn sie erfahren, dass du dich von mir scheiden lassen willst! Das wollten sie doch nur erreichen, als sie uns erlaubten zusammenzuleben! Wie stehen wir denn da? Soll alles umsonst gewesen sein? Finn! Bitte! Lass es uns noch einmal versuchen!«

Finn zog es vor, zu schweigen. Es dauerte entsetzlich lange, bis er aus dem Bad kam. Er hatte sich umgezogen. Wie schön er wieder aussah! Ich warf ihm einen flehentlichen Blick zu, aber Finn tat so, als würde ich nicht existieren – als hätte es mich nie gegeben –, und sah weiter fern.

Ich will das nicht! Ich will nicht, dass du mich verlässt! Nicht wegen einem Jungen, der mir nicht annähernd so viel bedeutet wie du!

Finn blickte stur auf den Fernseher und nahm den ganzen Abend keine Notiz von mir. Während einer Werbepause stand er auf und briet sich ein Spiegelei. Mit Salami! Die ganze Wohnung stank nach dieser Wurst. Und trotzdem war es mir egal. Ich hatte nicht einmal das Bedürfnis, die Fenster aufzureißen und frische Luft hereinzulassen. Ich hatte andere Sorgen. Hätte er mir etwas von seinem ekelhaften Spiegelei angeboten, hätte ich sogar einen Bissen probiert, nur um zu beweisen, wie sehr ich ihn liebte. Selbst auf die Gefahr hin, dass ich mich anschließend stundenlang hätte übergeben müssen. Aber Finn bot mir nichts an. Für ihn blieb ich weiterhin Luft.

Ich war traurig und erschöpft. »Ich gehe ins Bett!«, sagte ich zu Finn. »Kommst du auch?«

Finn reagierte nicht. Ich schickte ihm einen letzten zärtlichen Blick und verkroch mich ins Schlafzimmer. Weinend legte ich mich hin und wartete auf Finn, den ich nie aufhören würde zu lieben.

FINN Als am anderen Morgen der Wecker rappelte, brauchte ich eine Weile, bis ich begriff, weshalb ich auf der Couch lag und nicht im Bett neben Jenny: Der Gedanke, neben einer Ehebrecherin zu nächtigen, war mir so zuwider gewesen, dass ich meine Bettdecke und mein Kopfkissen geschnappt hatte, um mein Nachtlager im Wohnzimmer aufzuschlagen. Jenny hatte hellwach im Bett gelegen.

»Kannst du den Wecker nicht hier lassen?«, hatte sie gewinselt. »Dann kann ich dich morgen früh wecken.«

Ich hätte sie fast ausgelacht. Auf diese Idee hätte sie früher kommen müssen. Damals, als wir noch ein Paar gewesen waren!

»Ich brauche niemanden, der mich weckt!«, hatte ich cool entgegnet und sie allein gelassen.

Auf der Couch zu schlafen war nicht ganz so bequem wie auf der Matratze. Egal! Ich hätte auch auf dem Fußboden übernachtet, nur um nicht neben Jenny liegen zu müssen. Allerdings hatte ich noch lange wach gelegen und über alles nachgedacht. Jenny hatte die Ehe gebrochen! Das war klar wie Kloßbrühe! Ich hatte also gar keine andere Wahl: Ich musste mich scheiden lassen! Allein schon um meine Ehre wiederherzustellen. Ich meine, ein Mann kann sich doch nicht alles von einer Frau gefallen lassen. Vielleicht hätte ich schon viel früher mit der Faust auf den Tisch schlagen sollen. *So, meine Liebe, jetzt ist aber Schluss mit dem Richie-Scheiß! Oder du kannst dir einen anderen suchen! Ich, Finn Meyer, bin dein Idol und ich dulde kein anderes Idol neben mir! Kapiert*? Ich Idiot war viel zu tolerant gewesen. Frauen wie Jenny nutzen so etwas schamlos aus und irgendwann bist du nur noch der Dumme. Doch damit war es jetzt vorbei! Gleich morgen würde ich die Scheidung beantragen. Dann würde ich endlich wieder ein freier Mann sein und nicht mehr der Depp, für den Jenny mich offensichtlich die ganze Zeit gehalten hatte.

Daran musste ich denken, nachdem ich den Wecker abgestellt hatte. Mir wurde auf einmal richtig mulmig zumute bei der Vorstellung, die Scheidung einzureichen. Am liebsten hätte ich die ganze Aktion abgeblasen. Irgendwie kannte ich dieses mulmige Gefühl. Wie oft hatte ich mir vorgenommen, im Schwimmbad vom Fünfmeterbrett zu springen, und es jedes Mal wieder hinausgeschoben – aus Angst vor der eigenen Courage. Die Scheidung war wie dieses Fünfmeterbrett. Sollte ich das Wagnis eingehen oder nicht? *Wagnis? Tickst du nicht mehr ganz sauber? Jenny hat dich hintergangen! Sie hat dich zum Narren gehalten!* Ich atmete tief durch. Nein, ein Rückzieher war unmöglich!

Jenny war von ganz allein aufgestanden. Wahrscheinlich hatte sie den Wecker gehört. Bevor sie ins Bad ging, sah sie mich ganz unterwürfig an. Es war ein Blick, der einen Mann in null Komma nichts dazu bringen kann, von seinen Prinzipien abzurücken und exakt das Verkehrte zu tun. Zum Beispiel einen Entschluss zu widerrufen. *Du musst jetzt stark sein, Finn! Sonst bist du verloren!* Ich blickte geistesgegenwärtig zu Boden.

»Ich werde für heute Nachmittag einen Familienrat einberufen und die Scheidung beantragen!«, sagte ich mit brüchiger Stimme.

»Können wir denn nicht noch einmal darüber reden?«, fragte mich Jenny.

Ich starrte vor mich hin.

»Bitte!«

Ich musste schlucken, schüttelte den Kopf und zog mir die Hose an. Das war's! Es gab kein Zurück mehr! Eigentlich hätte ich jetzt erleichtert sein müssen. Merkwürdigerweise war genau das Gegenteil der Fall.

JENNY Der Familienrat fand bei Finn und mir statt. Wir saßen alle um den Tisch herum, Silke, Lars, Carmen, Finn und ich. Leonie und Julian waren zum Glück auf einem Kindergeburtstag. Das Herz schlug mir bis zum Hals und mir war schlecht.

Finn räusperte sich und erzählte ohne Umschweife, dass er die Scheidung wolle.

Papa und Mama fielen aus allen Wolken und auch Silke war geplättet. Sie wollten natürlich wissen, was vorgefallen war. Finn schilderte die Dinge aus seiner Sicht. Ich hätte mich am liebsten verkrochen, so peinlich war es mir, mit anhören zu müssen, wie egoistisch ich gewesen war. Nur an ein, zwei Stellen brachte er etwas durcheinander, so dass ich ihm ins Wort fallen musste. In ein besseres Licht rücken konnte ich mich dadurch aber nicht. Die Fakten sprachen zu sehr gegen mich. Dann war ich an der Reihe. Eigentlich war alles gesagt und es gab nichts, was ich hätte hinzufügen können, das mich in irgendeiner Weise entlastet hätte. Wie gern hätte ich bestimmte Momente ungeschehen gemacht. Ich fühlte mich schuldig. Und allein. Ich beteuerte, wie leid mir alles täte und dass ich mein Verhalten zutiefst bedauern würde.

Die Erwachsenen machten ein ernstes Gesicht. Besonders Papa. »Willst du Jenny nicht trotzdem eine Chance geben?«, fragte er. »Du hast ja gehört, dass es ihr leid tut.«

Finn starrte vor sich hin.

»Wir machen alle mal Fehler«, meinte Mama.

»Finn, sag ganz offen und ehrlich, was dich daran hindert, es noch einmal mit Jenny zu versuchen«, machte Silke den Vorschlag.

»Ich habe kein Vertrauen mehr zu ihr!«, wiederholte Finn seinen Vorwurf vom Vortag.

In diesem Augenblick verlor ich jegliche Hoffnung, dass unsere Ehe noch zu retten war. Es sei denn, es geschah noch ein Wunder, aber daran mochte ich nicht glauben.

»Du solltest trotzdem nicht gleich an eine Scheidung

denken«, meinte Silke. »Ich bin sicher, es gibt noch eine andere Lösung.«

Komisch. Ich hatte erwartet, die Erwachsenen würden froh darüber sein, dass unser Experiment so kläglich gescheitert war. Stattdessen stand in allen Gesichtern Betroffenheit und die Bereitschaft zu vermitteln.

»Eine Scheidung ist immer eine endgültige Trennung«, fuhr Silke fort. »Ich schlage vor, jeder zieht wieder in sein Zimmer und ihr geht euch eine Weile aus dem Weg, sofern das überhaupt möglich ist. Und wenn ein paar Wochen vergangen sind und dein Groll gegenüber Jenny noch genauso groß ist, Finn, dann kannst du dich immer noch scheiden lassen. Was hältst du davon?«

Finn blickte zu mir herüber. Ich war wie elektrisiert. Er hätte nur mit dem Finger schnippen brauchen und ich hätte ihm jeden Wunsch erfüllt.

»Wäre das auch in deinem Sinne?«, erkundigte sich Mama bei mir.

Und ob es in meinem Sinne war! Ich war so aufgeregt, dass mir die Stimme versagte, und so reichte es nur zu einem schwachen Nicken.

»Dann solltest du dich jetzt entscheiden, Finn«, meinte Silke.

Bitte, Finn! Bitte erkläre dich mit Silkes Vorschlag einverstanden! Gib uns beiden noch ein wenig Zeit! Bitte!

»Von mir aus!«, sagte Finn und presste die Lippen aufeinander.

Beinahe wäre ich aufgesprungen und ihm um den Hals gefallen.

»Ich schlage vor, ihr reicht euch jetzt die Hand«, sagte Papa.

Finn zierte sich zuerst, streckte mir dann aber seine Hand entgegen. Ich war so froh, dass ich meine Zurückhaltung aufgab und ihn umarmte. Zu meiner großen Überraschung legte er ganz kurz seine Arme um mich und ich spürte, wie mein Herz aus dem Koma erwachte.